Le témoin de porcelaine

Le témoin de porcelaine

de

Catia MisWal

© 2014, Catia MisWal
Edition : BoD - Books on Demand
12/14 rond-point des Champs Elysées, 75008 Paris
Imprimé par Books on Demand GmbH, Norderstedt, Allemagne
ISBN : 9782322036400
Dépôt légal : juin 2014

Le témoin de porcelaine

Parfois, un lien inexplicable nous réveille, nous éveille. Avec un peu de chance, il nous sort du sommeil qu'est le quotidien. Il peut nous porter du Paradis à l'Enfer et vice-versa sans limite de temps. Mais, une fois le bonheur goûté, le reste peut paraître bien fade.

Parfois, un lien s'explique tout simplement par le sang ; un cordon sentimental, que même un Homme muni d'une paire de ciseaux ne pourrait couper ; un amour inconditionnel et irremplaçable dont elle seule a le secret. Elle vous fait toujours passer avant son propre bonheur. Et pour ça, je ne l'en remercierai jamais assez. J'essaie déjà en lui dédicaçant ce roman. Parce qu'on a tous besoin d'une maman, surtout comme elle.

C'est pour toi maman.

Le témoin de porcelaine

Le témoin de porcelaine

Chapitre un
En un regard

Un soir de décembre, je ne saurais en donner la date exacte, j'ai découvert mon nouveau foyer. J'ignore encore si c'est le père noël ou une cigogne qui m'a emmené jusqu'à ma maison actuelle, jusqu'à une maman exceptionnelle. Mais il ne doit pas s'être trompé ; cette femme donnerait tout sans hésiter, même sa vie pour la mienne. Ce que j'ignore par contre, c'est si elle en vaut la peine ma vie. Parce que moi, je n'abandonnerais pas mon existence pour qui que ce soit. Suis-je égoïste pour autant ? C'est normal, dans l'ordre des choses, non ? Un enfant n'a pas à choisir, il devrait survivre à ses parents sans se poser de question. Dès mon arrivée, j'ai été assise sur une vieille chaise bancale tournée vers une fenêtre. A travers la vitre close, le monde s'est tout de suite montré très ouvert. Cet univers me fascine. Je ne le vois que d'en haut, de la chambre qui semble m'appartenir puisque j'y passe tout mon temps. Il y a tout ce dont un enfant rêverait d'avoir

Le témoin de porcelaine

dans cette pièce : des jouets, des peluches par milliers, des tonnes de livres de conte de fée sur l'étagère, des mobiles suspendus au plafond. Je n'ai cependant jamais touché à tout ça. C'est juste accueillant, réconfortant.

En cette période, tout est normalement calme à l'extérieur. Il n'y a pas de fêtes à célébrer, ni de vacances à passer. Aujourd'hui néanmoins, un grand camion rouge a débarqué devant la maison d'à côté donnant sur ma fenêtre. Je suis donc aux premières loges. J'en ai été impatiente sous ce soleil flamboyant. Aucun nuage n'a gâché l'ampleur du ciel bleu et du remue-ménage en dessous. Des cartons, des caisses et des tas de meubles ont été déplacés de la remorque à l'habitation. Je n'ai pas été étonnée. Avec ce qui s'est passé, la disparition de Susanne l'ancienne résidente, de nouveaux habitants arriveraient tôt ou tard. Visiblement, la famille de l'ex-voisine a arrêté les recherches et vendu la propriété. Heureusement, je commençais sérieusement à m'ennuyer. Ils la considèrent certainement tous comme morte. Et c'est bien ce qu'elle est Susanne. Je me rappelle parfaitement d'elle la dernière fois que je l'ai vu. Son style était plutôt vieillot, une robe et des collants dans des tons sombres qui

Le témoin de porcelaine

n'harmonisait pas son corps un peu enveloppé. Elle portait toujours de grosses lunettes noires aux branches épaisses. Et ses cheveux courts s'accordaient à son aspect intelligent et sérieux. Son air arrogant ne correspondait pas à son attitude plutôt aimable. Ne la voyant que de loin, elle m'effrayait néanmoins, certainement parce qu'elle venait de l'extérieur. Il y a de l'action dans le quartier, je suis drôlement enthousiaste. La maison a été vide suffisamment longtemps. C'est un pressentiment, car je ne peux déterminer de durée précise. On dirait que le temps tourne différemment ici, derrière ma fenêtre ou là-bas dehors. Il y a tout et pas grand-chose à la fois qui me sépare d'eux, de tous les autres gens. C'est plutôt étrange.

Plus tard, une voiture est arrivée. Une grande femme classe, pleine de prestance en est sortie. Son contraste au travers du paysage m'a saisi. Sa tenue est moderne tandis que sa beauté plutôt celle d'une ancienne reine déchue. Sa chevelure chocolat flotte dans l'air. J'aurais aimé en sentir leur parfum praliné. Tout en relevant ses lunettes de soleil sur sa tête chevelue, elle se précipite vers une camionnette blanche arrivant à l'instant. Précautionneusement, les déménageurs sortent un piano du véhicule, sous l'œil attentif de la femme. Cet instrument parait

Le témoin de porcelaine

être capital, bien plus qu'un garçon venant de la même voiture qu'elle. Personne ne lui prête attention à lui, sauf moi. Il a, d'ailleurs, mis du temps pour se montrer. Difficile à définir son état d'esprit, parce qu'il porte des lunettes aux verres noirs reflétant la lueur du soleil qui m'aveugle un moment. A moins que ce ne soit lui qui m'éblouit de son aura. Il a quelque chose de spécial, d'invisible pour les yeux. Ça se sent. Ma vue se réadapte et je ne le regrette pas. Il est très mystérieux. Des mèches de cheveux cacao cachent ses expressions. Dommage, j'aurais pu tout savoir de lui. Le regard, c'est important dans ma situation. C'est le seul moyen que j'ai pour comprendre autrement qu'au travers des dires de maman. Je réalise qu'avec lui ce sera différent. Il a empoigné nonchalamment quelques sacs avant de disparaitre dans la demeure. Je suis, de toute façon, vite re-captivée par ce piano noir aux touches blanches. Je n'en ai vu que dans les livres. C'est plus beau en vrai. Il s'impose et brille à la lueur du soleil. Je me demande si j'aurais été doué pour jouer de la musique.

Maman m'a détourné de tout ça, m'a mise face à elle pour achever mon coiffage. Mes cheveux sont doux, soyeux. Elle les peigne, s'en occupe

Le témoin de porcelaine

bien. Aujourd'hui elle me frise soigneusement chacune de mes mèches. Ça semble la décontracter, lui plaire alors je la laisse faire. Maman est l'élément principal et constant de ma vie.
- Les Collins, mère et fils. Ce sont nos nouveaux voisins, Eden, commente-t-elle pour me les présenter tout en caressant mes longs cheveux qui semblent tellement l'obséder.
Dans son timbre de voix, j'y ai lu une pointe d'inquiétude. Cette crainte, je la déteste littéralement. Elle me cloue plus que mon immobilité permanente. Elle m'évoque de mauvais souvenirs, ceux où Susanne m'a dévisagé telle une bête curieuse, une obstruction à la nature. Suis-je une abomination ? Elle m'avait observé presque horrifiée. Elle aurait voulu se débarrasser de moi sur le champ, je l'avais ressenti ainsi. Je n'oublierai pas de sitôt cette expression quand elle avait pénétré ma chambre sans permission. Elle me faisait très peur à l'époque. Elle ancrait trop maman à la réalité. C'était son amie et elle l'éloignait de plus en plus. A partir de ce moment-là, j'ai su qu'elle allait nous causer des problèmes. Désormais, son corps repose dans le jardin en dessous de ma fenêtre. De petites fleurs ont commencé à pousser à cet

Le témoin de porcelaine

emplacement ; Susanne devait sans doute avoir du bon finalement. Maman est constamment angoissée depuis ce décès prématuré. Ses prunelles noisette s'inquiètent tout le temps. Les miennes sont de même couleurs apparemment. Du moins, c'est ce qu'elle m'a dit. Je ne peux le confirmer ou l'infirmer réellement, mais le fait qu'elle me le dise me suffit. Je la crois. Maman n'aime pas les miroirs. Elle les a balancés. Je l'ai vu d'en haut, par la fenêtre de ma chambre. Le matin même de ma venue, un gros véhicule avait tout emporté. Il emporte toujours tout avant que les gens ne se réveillent. C'est peut-être pour éviter de les mettre d'encore plus mauvaises humeurs. Parce qu'ils ne sont pas très contents à leurs réveils, on dirait. Ils sont pressés, grognons. J'en vois beaucoup d'ici. Prenant mon menton entre ses doigts, maman m'examine une ultime fois. Il fallait que je sois parfaite. Je m'y applique, mais ça ne semble pas assez. Parfois, je vois mon image toute floue et lointaine se refléter dans la vitre devant moi. Mais ça ne m'aide pas pour me reconnaitre, me donner une idée de ce à quoi je ressemble ou dois ressembler. Ce n'est peut-être pas si important. Maman sourit, se lève, regarde par la fenêtre. Pensive, elle touche la vitre, souligne sans une once de menace :

Le témoin de porcelaine

- Espérons qu'eux garderont leur distance.
Elle devient étrangement silencieuse. Le soleil me réchauffe. Je ne transpire pas le moins du monde. Je sens juste ma peau cuire à petit feu sans pouvoir m'en extirper. Subitement, maman vérifie sa montre. Se penchant vers moi, elle pose ses mains sur les accoudoirs de la chaise :
- Il faut que j'aille chez le médecin, tu te rappelles ? Je vais faire le plus vite possible.
Elle n'a pas besoin de se dépêcher. Mais si ça lui fait plaisir de revenir rapidement, je ne la contrarierai pas. Chez le docteur, je ne m'y suis jamais rendu. C'est plutôt positif, je suppose, si je suis constamment en bonne santé. Sur ce, elle dépose un bisou sur ma joue et quitte la pièce. Malgré son départ, ma chaise a continué de se balancer. Ça me fait plaisir, elle le sait évidemment. C'est comme si je bougeais par moi-même d'avant en arrière, comme sur une de ces balançoires pour enfants que j'aperçois au loin dans le parc.

A nouveau le nez collé à la vitre, je découvre alors l'emménagement des pièces de la maison voisine qui a été un amas d'objets jusqu'à maintenant. A la grande fenêtre du rez-de-chaussée, ils ont installé le piano. Au premier étage, la fenêtre étant large, je peux voir la

Le témoin de porcelaine

pièce presque entièrement ; l'armoire ouverte devant le lit, la télévision allumée dans le coin. Le garçon apparait soudainement, ayant sûrement été accroupi avant. Il range des vêtements. Visiblement, sa chambre est en face de la mienne. Hasard ou destin ? Je n'aurai plus seulement l'extérieur à scruter, mais aussi l'intérieur de cette habitation. Ce changement de paysage me parait, à première vue, réjouissant. D'habitude, il n'y a que les saisons qui changent dans les environs. Tout à coup, le voisin s'arrête l'air fatigué, lassé. Il balance la tête, passe la main sur sa nuque. Subitement, il va ouvrir la porte-fenêtre ne menant à rien, sauf le vide. Tout en s'étirant, il jette un œil fureteur au-dehors, s'octroyant une pause bien méritée. Et s'il me voyait ? Je n'y ai jamais songé auparavant, je crois. D'ordinaire, je ne peux pas agir sur ce qui semble être un autre monde. Ça a toujours été une vitre sans teint. J'imagine qu'il a dû croiser un instant mon regard. Qu'a-t-il lu en moi ? Rien d'intéressant visiblement. Il est déjà retourné à son rangement. Personne ne m'a montré autant d'intérêt que lui, à part bien entendu maman. C'est réconfortant pourtant de se dire que quelque part, on existe pour l'autre. Je le comprends maintenant. C'est tout ce que je veux, exister. Et lui, cet étranger, il est le tout premier à me l'avoir donné.

Il est l'heure de se coucher. Là encore, je ne pourrais donner d'horaire. Maman vient simplement me chercher quand il est temps, quand il fait sombre dehors et que le soleil a laissé place à la lune. A chaque fois, j'ai hâte, oubliant le calvaire de ce qu'à été la nuit précédente. Maman me porte jusqu'à sa chambre. Aucun jouet, ni photo de moi ou qui que ce soit d'autre ne s'y trouvent. La pièce possède juste le nécessaire dans une armoire et une commode. A côté du petit lit à deux places, une table de chevet porte une unique bougie à moitié consumée. Elle éclaire les pages d'un livre ouvert la veille au soir. La décoration est évidemment sans âme comparée à la mienne toute colorée, guillerette. Le vieux papier-peint se dégrade et pend à certaines extrémités. J'ai eu le temps nécessaire pour tout détailler. Mais peu importe où je suis, du moment que maman s'y trouve aussi. Elle m'allonge sur son lit, me recouvre délicatement jusqu'au cou, se change lentement dans la salle de bain à côté. Avec délicatesse, elle se glisse sous la couette. Son odeur fraîche et particulière a réintégré mes narines aussitôt. Elle doit obligatoirement sentir

Le témoin de porcelaine

un parfum fleuri. Je n'ai aucune idée de comment ça sent une fleur, mais j'imagine que ça doit être pareille. J'attends avec impatience la suite de l'histoire d'hier. Elle câline ma tête, puis me considère avec tendresse, sans mot. Elle semble toujours particulièrement affectionner mes cheveux. Ses yeux sont vitreux, éteints bien qu'ils soient grands ouverts. Je n'y lis pas la moindre envie, ni enthousiasme. Il ne reste plus que cette admiration sans faille qu'elle me voue. D'ordinaire, elle le fait volontiers, n'a pas à se forcer. C'est notre moment privilégier, un rapprochement familier, protecteur et rassurant. C'est sûrement ce qu'on ressent quand on est bébé. Je n'appartiens qu'à elle, mais en ces instants nocturnes, j'ai l'impression qu'elle est tout autant à moi. C'est agréable, confortable. Cependant, un événement a dû changer la donne, bouleversant nos plaisantes habitudes. Je n'en avais pas eu connaissance apparemment. Quand j'y repense, elle a été étrangement silencieuse en cette journée. Je ne l'ai pas beaucoup vu. Je n'aime pas ça. Ça m'inquiète. Maman m'a paru mal dès son retour de chez le docteur. Y-a-t-il un lien ? Aucune idée. Ce n'est pas la première fois qu'elle s'y rend et jamais encore elle n'en a été si troublée. Malgré tout, laissant ce tracas de côté, elle se force à me sourire tristement. Je le vois, son regard a perdu ses étincelles. Dépitée, elle joint mes mains en y enroulant les siennes autour telles du lierre au tronc d'un arbre :

- Eden, je suis trop fatiguée pour ça. Maman te lira des pages en plus demain, promis.

De ces simples mots, elle a tout balayé. Mon attente de ce jour a été vaine. Je soupire, car maman dort déjà. Je suis exclue de ça aussi. Dormir, je n'y aie pas droit. Voilà pourquoi je devrais regretter qu'elle m'emmène à ses côtés toutes les nuits. Là, malgré sa présence, je me sens terriblement seule dans cette pénombre. Je sais qu'elle l'est également, mais pour elle c'est seulement quand je ne suis pas physiquement présente ce qui est normal en fin de compte. Même mes yeux béants n'y voient plus rien. L'obscurité est partout, hormis dehors où le lampadaire nous éclaire à demi. On dirait que quelqu'un veut m'attirer, m'appeler là-bas. Au milieu d'un silence de plomb, sa respiration ralentit, se prolonge. Elle est apaisée, moins dérangée par ce je ne sais quoi de détestable lors de son éveil. Ce souffle, c'est un peu ma berceuse, sauf qu'elle ne m'endort pas. Je l'entends chaque nuit à mes oreilles comme un fragment de ce que je ne pourrais rêvasser. Parfois, je ferme les paupières et j'imagine. Je rêve éveillé d'un profond sommeil. Ça ne dure jamais très longtemps. Que c'est interminable quand on attend. Et étonnamment ce garçon, le nouveau voisin, s'invite soudainement dans ma tête. Nous y sommes deux à présent. Je me le représente en train de me lorgner. Il m'a vu, ou tout du moins aurait très bien pu me voir. Quelquefois, on regarde sans voir. Sa venue a différencié aujourd'hui d'hier. Ce déséquilibre des coutumes hebdomadaires est, dans ce cas précis, préférable à la monotonie. De ma vie, jamais je ne me suis posée cette question qui m'est venue naturellement : Demain, qu'arrivera-t-il de nouveau ?

Le témoin de porcelaine

Chapitre deux
Danseuse étoile

Ça fait quelques jours seulement que les voisins ont emménagé, j'ai l'impression que ça fait une éternité. Pour une fois, cet infini ne semble pas assez long. J'attends l'arrivée du garçon d'en face presque autant que celui de maman. Maintenant, il y a deux personnes dans mon environnement qui compte vraiment pour moi. Leurs emplois du temps sont à tous réglés comme du papier à musique. C'est marrant, flagrant à constater. Muni d'un sac de sport, le voisin rentre de l'école avant elle. Je me demande comment c'est là-bas. Ils doivent sûrement être instruits par la lecture. Chacun d'eux savent sans doute lire. Moi, je peux apprendre sans que ce soit dit, voir sans que personne ne s'en aperçoive. C'est pratique dans un sens. Après quelques temps, le garçon d'à côté ressort généralement habillé d'une même chemise épinglée d'un badge au torse. Sur le sentier, il lasse une de ses chaussures. J'ai toujours été émerveillé par ce que je ne sais pas faire. C'est un réel mystère pour moi. On dirait

Le témoin de porcelaine

qu'ils viennent tous d'une autre planète. Le voisin reviendra plus tard quand il fera plus sombre. J'ignore ce qu'il fait de tout ce temps. J'aimerais savoir, le suivre, être son ombre pour m'illuminer davantage de son existence banale. Il n'y a rien de spéciale dans sa vie, c'est pour ça que je l'envie. La normalité m'ancrerait définitivement à ce monde plein de monotonie. Je me sentirais peut-être enfin à ma place. Et je n'aurais plus de doute sur la raison de ma venue ici. Parce qu'en fait, il n'y en a certainement aucune. Mais eux, ceux-là au-dehors, en ont-ils seulement une ? Probable ou pas, je préfère croire que tout serait mieux si je n'étais pas comme ça, pas moi. La croyance est un bon moteur. Maman croit beaucoup en toutes sortes de choses étranges et improbables. Parfois, ça n'a même aucun sens. Mais ce sont ses notions justement qui l'aident le plus à avancer. Ses propres besoins en sont irrémédiablement satisfaits. Elle s'y accroche tout comme je m'accroche à ce quotidien, soutien du rien de tous mes jours passés et prochains. Une fois par semaine, maman va à l'église. Dans sa longue robe à fleur, elle s'approche d'un pas décidé. C'est toujours le même rituel. Elle pose ses mains gantées de dentelles blanches sur le dos des miennes, croisés sur mes jambes. En

baissant la tête, son grand chapeau vient me chatouiller le cou. Je ne vois pas ses yeux, mais je sais qu'elle les ferme. Mais j'ai l'impression d'être un de ses objets sur l'étagère qu'on doit dépoussiérer pour en garder le souvenir intact. Elle a des choses à se reprocher, c'est évident. Mais je n'y suis pour rien là-dedans. Pourquoi s'en remet-elle à moi ? Elle se relève, belle comme une fleur fanée. Sa peau est tendue, ses yeux tombants. Elle n'est pas en forme, même si elle dort beaucoup la nuit. On dirait qu'il lui faut davantage de repos. Ça ne me réjouit pas tout ça. D'une voix douce, elle assure en remettant une mèche de mes cheveux :
- J'y vais maintenant. Je prierai pour qu'il ne t'arrive rien, ma poupée.
Qu'est-ce qui pourrait m'arriver ? Je ne pars jamais d'ici. J'ignore ce que j'ai fait de mal pour qu'elle en vienne à implorer mon salue à l'église. Mes pensées ne peuvent être que ces péchés dont elle parle. Pourquoi ne puis-je pas venir avec elle dans ce cas ? L'église ne veut-elle pas de moi ? C'est sûrement que personne ne m'accepte, à part maman. Je lui obéis. Je fais tout ce qu'elle me dit et j'espère en avoir une place au Paradis.

Le témoin de porcelaine

Il n'y a pas souvent de surprise. Tant mieux, je n'aime pas les surprises. Des agneaux semblent encombrer petit à petit le dôme sous lequel nous sommes tous prisonniers. Ce troupeau de moutons dans le ciel annonce une sombre averse dans nos contrées. Ce mauvais temps qui approche s'apparente à une image que je fixe sans m'arrêter, une photographie prise à un moment donné. Bien souvent, tout s'immobilise sous la pluie, seules les branches remuent fouettées par les vents. Ici tout est définissable, identique au tableau d'hier ou même d'avant, hormis cette voiture grise garée sur le côté. Elle y est depuis ce matin, gâchant le cliché du quartier. Peut-être n'y a-t-il pas de conducteur à l'intérieur. C'est suspect puisqu'inhabituel. Ça m'amuse. Je ne suis plus la seule à observer les environs, j'ai l'impression. Combien sont dans ma situation, clouée sur une chaise à percevoir le temps défilé indéfiniment ? Chance ou malchance ? Ça dépend des jours. Combien peuvent bouger et ne le font pas par simple ignorance volontaire de la mort ? Si je pouvais agir, ferais-je seulement quelque chose ? Peut-être pas. La nouvelle habitante se met à jouer du piano au salon. J'en entends juste un petit bruit de fond. Maman m'a déjà prévenu entre les autres ragots du voisinage :

Le témoin de porcelaine

- Elle, elle s'appelle Shiri Collins. Une belle femme. Elle est pianiste à ce que j'ai pu entendre. J'ai du mal à concevoir qu'on puisse gagner décemment sa vie en tapant sur des touches.

Elle a parlé je ne sais pourquoi sur une pointe de moquerie. Il n'y a pas de quoi pourtant. Maman ne travaille pas, elle ne fait qu'aider l'église la plupart du temps. Moi si j'étais douée, si je pouvais marcher, oui… je ne ferais que danser. Faire ce que l'on aime, ça doit être formidable. Alors pourquoi autant d'agacement et d'incompréhension autour de cette pianiste ? Serait-ce de la jalousie ? Et lui ? Son fils, que fait-il pour porter cette chemise badgée après être rentré de l'école ? Comment se nomme-t-il d'abord ? J'ignore beaucoup de lui, c'est agaçant. Ce que je vois ne me suffit plus. Maman n'en parle pas ou n'ose pas m'en parler. Devinerait-elle mon intérêt envers lui ? Je ne l'espère pas.

La voilà qui rentre, apaisée. La portière de la voiture mystère s'ouvre. L'homme patient comme un mort s'est enfin décidé à sortir de son cercueil sur roue. Visiblement, il a attendu maman. Sans attendre, il se précipite, l'aborde à l'orée de notre entrée. Sous un ciel assombri, il en devient presque effrayant avec sa chevelure

Le témoin de porcelaine

épaisse et courte aux mèches grises ondulées couvert par un chapeau melon. Son manteau mi-long s'accorde parfaitement à sa voiture. Tout est ténébreux chez-lui, à part son foulard dans les tons brunâtres à motifs. Maman est surprise, sûrement ne le connaissant pas. Ils discutent tous les deux. Je n'en entends que des bribes insignifiantes. La conversation n'a pas l'air agitée bien que maman paraisse mal à l'aise. Elle se contient pour ne pas faire de grands gestes, ne pas le froisser tout en le faisant à son tissu de robe. Lui, il semble pourtant aimable, calme, posé et intéressé par le peu qu'elle veut bien lui dire. Il la quitte sur un sourire forcé de maman que je suis le seul à décrypter. Je la connais trop bien. Déterminé, mais préoccupé il retourne à sa voiture en observant les environs. Son manteau flotte dans les airs tant il est pressé. Maman finit par me rejoindre dans la chambre. Tel un cadeau empoisonné, elle pose un paquet de bonbon sur la table. Elle sait que je ne les mangerai pas. Ce présent me fait penser à ce jour où elle m'a apporté une boite à musique. Il y a eu un hic. Il y en a toujours un. Dès le début, je n'ai pas été dupe. C'est pour me faire oublier ce soir où elle m'a couché très tard. J'aurais pu croire qu'elle m'a oublié, mais non. Je l'ai vu enterré avec peine un grand sac poubelle dans le jardin. J'ai tout de suite saisi son petit manège. Son fonctionnement m'est complétement prévisible. Par cette boite à musique, elle a cru couvrir une mauvaise par une bonne action. Comme si la mort est négative, alors que dans ce cas-là ça a été positif pour nous. Penchée sur moi, elle avoue d'un ton vacillant l'identité de cet homme étrange. Il est de la famille de Susanne, l'ex-voisine. Visiblement, il est le seul à n'avoir pas laissé tomber les recherches sur cette disparition. Il l'aime trop sa sœur pour l'oublier sans explication. La connaissant bien, il sait qu'elle ne serait pas partie sans laisser de traces. Il compte bien éclaircir ce mystère et c'est donc pour ça qu'il est venu interroger les habitants dont maman étant très liée à elle. Il a des soupçons sur tout le monde, pas seulement sur elle. Des choses pas nettes semblent se passer ici, dans cet endroit au lourd passé. Elle est la dernière personne à lui avoir parlé, c'est tout. Il n'a pas idée à quel point c'est vrai. Elle est troublée, mais ne le montre pas. Ses mains frémissent. Elle s'évertue à me cacher ses inquiétudes. Elle n'a pas de quoi, d'après ce qu'elle m'a raconté, elle a répondu naturellement et logiquement aux questions qu'il lui a posé. Elle se redresse vers la fenêtre, tente de se rassurer en soupirant :

Le témoin de porcelaine

- Il est parti...
Sans preuve d'une éventuelle réapparition, elle ajoute tout de même :
- Je l'espère pour lui.
Moi aussi. Elle se met soudainement à tousser. Immédiatement, elle pivote, s'en cache poliment. Quand elle se retourne, elle m'offre un curieux sourire qui a pour mission de m'apaiser. Et là, je me demande s'il est vraiment pour moi.

La mélodie qui se joue, flagrante passion engendrée par sa créatrice, me rappelle vaguement celle qu'a livrée la boite à musique. Elle ne fonctionne hélas plus. La ballerine dedans me rappelle que je suis prisonnière. Elle était si belle à tourner sur elle-même jusqu'à ne plus en pouvoir. Durant des heures, elle a fonctionné en boucle. Je connais l'air par-cœur. Jamais je n'en ai eu assez de l'entendre à mes oreilles. Ça a été différent durant un temps, un autre son que les voitures et les voisins qui se chamaillent. Elle me manque. La boite ouverte trône sur l'étagère de ma chambre. J'aurais certainement pu être une bonne danseuse. Tourbillonnés perpétuellement, tracés constamment le même cercle, n'est-ce pas ce qu'ils font tous ? J'aurais adoré, si je savais marcher. Tout ça si mes jambes l'avaient voulu. Enfermé dans ce cycle, le garçon d'en face finit par rentrer, exténué. Il ira directement dans sa chambre pour y dormir jusqu'au lendemain où tout recommencera une nouvelle fois. Il ne regardera pas dans ma direction. Je n'existe pas. C'est mieux comme ça. S'il me parlait, je profiterais de lui dire ce qu'il ne voit pas. Je tenterais de lui expliquer le monde qui gravite autour de lui. D'une vue extérieure, je devrais mieux le comprendre. Comme la danseuse, ils font tous ce qu'ils sont conduits à faire. Il n'y a pas de hasard. On est coincé sur un socle, à tourner en rond, centré sur soi-même, condamné à perpétuer des traditions absurdes dont on ignore le sens et l'origine. C'est un cycle que rien ne peut arrêter, mise à part le manque de temps que nous inflige aimablement la mort.

Comme tous les soirs, hormis une unique fois dont je préférais oublier l'ampleur dans ma tête, elle est venue me chercher pour m'emmener. Elle m'a lu la suite de l'histoire entamée la veille, a éteint la bougie avant de me border dans son lit. Elle s'est endormie et j'attendrai une nouvelle éternité qu'elle se réveille. Je suis allongée sur le dos, droite, raide et pourtant à l'aise. Je suis la gardienne de son sommeil.

Le témoin de porcelaine

Maman se met à bouger. Ça lui arrive parfois. Son bras vient se cogner sur ma joue, ce qui braque ma tête sur le côté. Un son d'os brisés s'est fait entendre dans ce silence engourdi. Mais je vais bien parce que, tournée vers la fenêtre, je vois maintenant distinctement les étoiles. Il a plu et il n'y en a déjà plus aucune trace dehors. C'est facile de faire disparaitre, de disparaitre. Ce panorama m'est tout à fait original. La nuit, je ne la vois pas passer malgré qu'elle doive durer autant de temps que le jour. Au milieu d'un ciel uni par les ténèbres, des points brillants donnent toute l'importance nécessaire aux lumières. Il fait tout de suite plus clair. Je me sens observée, surveillée d'un bon œil. On dirait des tas de petits insectes qui me regardent d'en-haut, immobiles et sereins ; d'habitude, c'est celle-là ma place. En considérant bien ces étoiles, je découvre qu'elles peuvent former des choses communes chez-nous, certainement inconnues pour elles. Est-ce mon cerveau qui croit voir ou l'univers qui cache des messages au-dessus de nos têtes ? Il y a peut-être des habitants sur ces terres, peut-être que l'un d'entre eux se pose la même question en ce moment. Ce ne serait pas improbable. Il y a tant d'éventualité à reconsidérer. Je me dis que tout est possible.

Le témoin de porcelaine

Ces étoiles me font aussi penser à la ballerine enfermée dans la boite à musique. La danse existe-t-elle sur ces planètes ? Ce serait bien triste sinon. Je m'imagine en train de danser gracieusement, vêtue d'un tutu et de chaussons. Tout va doucement, puis s'accélère. J'invente des pas, des enchainements. Ils ne seront jamais recréés sous mes yeux. Ça ne me retient pas. Je danse dans un décor plein de lueurs qui tournoient autour de moi. C'est magique, magnifique. Des spectateurs de la vie m'admirent, m'envient sans pouvoir me vouloir du mal tant je parais inoffensive, loin et au-dessus de tout ça. Ils ne m'atteindront pas, mais ils me voient tous. Chaque geste raconte une histoire, ne pourrait exister sans celui d'avant ni d'après. A l'image du monde, c'est un spectacle sans fin. J'imagine que je danse parce que danser sans bouger le petit doigt, c'est mon seul moyen de rêver.

Le témoin de porcelaine

Chapitre trois
Sur le bout des doigts

Le soleil se lève encore sur un aujourd'hui. Il éclaire au travers de ma fenêtre aux trente-six carreaux longeant toute la chambre. Ma peau est blanche. Elle ne bronze pas malgré les nombreuses expositions aux intempéries amplifiées par le vitrage. Mes ongles, mes cheveux ne poussent pas. C'est un fait avéré. Le temps n'a pas d'emprise sur moi. Pour certains, ça peut être libérateur. Mais ça ne l'est pas. Rien ne change, sauf dehors. Là dehors, tout change. Le temps et surtout les comportements des gens se modifient au fil de leurs envies. Leurs horaires restent pourtant fixes comme une constance qui les maintient sur le bon rail. C'est toujours les mêmes rituels. La voiture grise appartenant au frère de Susanne fait maintenant partie de cette coutume. Bien qu'il ait interrogé bon nombre d'habitants dont maman, il reste à observer les faits et gestes des uns et des autres. Il prend des notes, certainement les heures des arrivées et des départs. Si je l'avais imité, ma chambre serait encombrée de cahiers griffonnés. Mais à quoi bon ? En plus, je ne sais même pas écrire. Etrange que personne ne s'est encore plaint auprès de la police pour voyeurisme. Ils ont sûrement tous des choses à se reprocher. La police ne vient pas dans ce quartier tranquille ce qui le rend, en fin de compte, plus hostile.

Toute la matinée, maman m'a coiffé, s'est laissé aller à quelques confidences. Elle se sent isolée. Je constate qu'on l'est tous en réalité et que l'on croit que les autres ne le sont pas. Elle s'est ensuite afféré à préparer le repas de midi qu'elle seule mangera en ma compagnie. Une odeur de nourriture inconnue s'est emparée de l'espace où je passe tout mon temps. C'est toujours agréable. Ça me donne généralement l'impression d'attendre le casse-croûte comme tout le monde. J'aurais presque envie d'y goûter, de mâcher des aliments pour l'imiter, l'accompagner à table. Mais, sans la possibilité de bouger ce qui me sert de bras, il me serait impossible de les porter à ma bouche. J'ai donc vite abandonné cette stupide idée. Après, elle m'a ramené à la chambre pour se laisser le loisir de ranger la table, faire la vaisselle, nettoyer, ranger. Ma porte est restée ouverte. J'ai entendu les casseroles s'entrechoquer, l'eau couler abondamment. L'air de la maison qui s'est introduit et mélangé à ma pièce dégage

Le témoin de porcelaine

une odeur de renouveau. Les produits nettoyants y sont pour quelque chose. Je me sens plus libre. Ce sentiment s'évapore immédiatement quand je regarde par la fenêtre. Je connais par cœur ce qui va se passer dans son quotidien. Le voisin d'en face est parti tôt, avant que le soleil ne se lève. Il porte toujours ce sac qui parait bien lourd vue d'ici. A chaque fois en revenant de l'école, il disparait un moment avant de réapparaitre dans la pièce pile en face de la mienne. Il va sans doute manger à la cuisine. Mon horizon se situe à sa chambre, l'entrée de leur habitation et un morceau de route où se gare la voiture grise de l'observateur. J'ai une très bonne vue, peut-être plus aiguisée à cause de mes manques dans tous les domaines physiques. Une sorte de compensation que la nature a bien voulu m'accorder. Elle n'a pas été vache sur ce coup-là. Le voisin a balancé son sac au pied du lit, s'est jeté dessus, dort un peu maintenant. Son visage se détend rapidement. Ils se retrouvent tous dans un univers où la paix les submerge. Ils sommeillent d'une manière identiques, les yeux fermés, la respiration plus lente, l'immobilité presque totale et le mental complément déconnecté. Je me demande dans quel monde ils se rendent. J'en suis bannie. J'aimerais le connaitre seulement pour pouvoir le rejoindre lui. Peut-être que là-bas, il me verrait, avec un peu de chance m'apprécierait. Tout serait possible puisqu'imaginaire. Il se réveille, s'étend, revenant doucement sur cette terre. Il baille, se frotte les yeux devant la télévision qui s'allume, attrape sa manette de jeu, met un casque sur la tête reliant un micro vers sa bouche. Quand je regarde ce qu'il voit, c'est une immense joie. On est comme un seul être fixé sur un point précis. Nos émotions doivent logiquement être identiques en ces instants. On ne forme qu'un. Son corps bondit parfois hors du lit comme s'il pourrait passer au travers de l'écran. Ses doigts s'agitent à toute vitesse sur la manette. C'est assez saisissant. Il sourit, parle, rigole, s'amuse alors qu'il n'y a personne. Je me demande s'il ne me sentirait pas parfois à ses côtés. Bien souvent, il prend son temps, puis se presse par la suite. Et voilà, il finit par tout lancer à la hâte, se change précipitamment et repart munie de cette chemise badgée. Tout ça sans croiser une seule fois Shiri, sa mère. Visiblement, qu'ils ne se voient pas toute la journée, ça ne dérange ni l'un ni l'autre. Ça ne m'étonne pas qu'il parait aussi perdu. Il suit une route droite qu'on lui pointe du doigt à défaut d'un sentier sinueux, peut-être par peur de l'inexploré ou de justement décevoir sa mère. On se ressemble. C'est un déchirement quand il s'en va, car je ne peux être certaine qu'il reviendra. J'aime le voir tous les jours. Même s'il ne se passe pas grand-chose dans sa vie, au moins il en a une ; c'est toujours plus que la mienne.

J'ai bien vu à quel point les membres sont importants. Surtout les mains et les jambes, ceux dont je n'ai pas la fonction. Shiri, face à son instrument, se met à pianoter de ses doigts fins, longs et agiles pendant que son fils est parti. J'en entends des bribes au travers des murs. Elle joue si bien. Ça me donne des ailes avec lesquelles je la rejoindrais dans son salon pour me trémousser sur sa musique. Tout à coup, parmi la banalité de l'instant, une curieuse opération s'effectue. Je sens un déséquilibre à ma stabilité. Je vérifie autour de moi. Il n'y a rien de flagrant. Ça ne vient pas de l'extérieur, mais de l'intérieur. Mes bras sont subitement pris de secousses de plus en plus violentes. Ils s'en délogent des accoudoirs pour pendre lamentablement en bas du siège. Je tremble sans rien contrôler. Un froid glacial semble m'avoir chargé sur son embarcation. C'est sûrement de cette façon qu'un corps manifeste normalement sa peur. Sauf que je ne suis pas

Le témoin de porcelaine

effrayée. Les spasmes me font basculer sur la chaise. Cet effet me serait plutôt favorable si un mal foudroyant ne m'avait pas atteinte brusquement. On dirait que des poids lourds et gelés ont été attachés aux extrémités de chacune de mes mains. Ils me tirent davantage vers le bas. J'ai l'impression que mes doigts vont se détacher du reste, se déchirer à tout moment. Ils sont engourdis comme si, tout à coup, ils ont réalisé leur inertie. Ce réveil me fait un mal de chien. La sensation physique que je n'ai pas connue auparavant m'apparait en une nouvelle et terrible souffrance. J'aurais préféré ne pas l'expérimenter. Je finis par remarquer qu'elle s'estompe un peu quand ils se mettent à remuer. Pour faire cesser tout ça, je m'applique. Je tente de les faire bouger en en ignorant complétement le procédé magique. Avec peine, j'y parviens néanmoins. Je m'étonne que ce soit soudainement inné chez-moi, pareil que chez les autres. Rien qu'en les voyant tous bouger leur corps, parviendrais-je finalement à les copier ? Pourquoi maintenant et pas avant ? Suis-je juste une retardataire ? Non, je ne suis pas censée me mouvoir. Ce n'est pas dans l'ordre des choses. A ma naissance, je ne le pouvais pas. Ce phénomène est inexplicable, contre-nature. Si je pouvais transpirer, je serais trempée au travers

Le témoin de porcelaine

d'une douleur cinglante harponnant mes mains. Bien que je sois émotionnellement paralysée par la peur, les uns après les autres, mes doigts se mettent à se soulever. Parmi les sons du silence, on en a entendu l'infime craquement d'années d'immobilité. Leurs insignifiantes agitations ne sont rien comparées à ma force déployée. C'est très énervant. Mes efforts monstres ne se voient pratiquement pas à l'œil, mon unique moyen d'exister. Avec de l'entrainement, j'arriverai peut-être à maitriser tout ça sur le bout des doigts et transformer ce malheur en miracle.

Il fait sombre. Je sais que ça annonce son arrivée imminente. Et la voilà, visiblement de plus en plus délabrée. Ses cheveux ne sont pas brossés. Ils ont perdu de leur vigueur, de leur volume, de leur splendeur. Elle a l'air épuisé. On dirait qu'elle vient de se réveiller d'un trop court repos alors qu'elle devrait aller se coucher maintenant. Ça me fait mal de la voir ainsi, mais pas autant que cette douleur physique qui s'est estompé de mes bras il n'y a pas si longtemps que ça. Maman ne prend plus soin d'elle, pourvu qu'elle s'occupe toujours de moi. Quand elle m'emporte, je sens une odeur évidente de laisser-aller. Sa peau transpire cependant également de la tendresse à mon égard. J'en aie

Le témoin de porcelaine

été rassurée sur le champ. L'épreuve qu'a été cette insolite journée me parait moins difficile à concevoir dans ses bras. Pendant qu'elle me transporte, j'ai voulu l'enlacer à mon tour. Malgré leurs présences avérées, mes doigts ne répondent plus à ma volonté. Pourquoi ? Ai-je inventé avoir bougé ? Jambes et bras ballants, je me sens affaiblie, sûrement à cause de mes trop rares efforts d'aujourd'hui. Elle m'allonge, poursuit l'histoire d'hier à la lueur de la bougie pratiquement en fin de vie. Plusieurs fois, elle s'octroie une pause malvenue, plisse les paupières et continue. Elle y met moins d'entrain. Le cœur n'y est pas. Dans ce cas, je préfèrerais qu'elle ne lise pas. Après, elle finit par s'endormir facilement. Commence l'ennui, yeux grands ouverts sur le plafond, j'attends. J'y passe tout mon temps. Je reconnais parfaitement ce silence de toujours au travers des quelques passages de voitures dans les allées avoisinantes. Il y a vraiment une chose qui ne fonctionne pas correctement dans mon cerveau. Plusieurs files doivent s'être débranchés. Pourquoi ne m'emmène-t-on pas chez le docteur ? Maman y a bien droit elle. Est-ce un fléau familial ? Tout comme la bougie, arriverai-je un jour à disparaitre, consumée par les flammes ? N'en serais-je pas entièrement

Le témoin de porcelaine

exclue ? La bougie, je la fixe à la lueur orangée du lampadaire dehors. Je me demande quelle consistance elle peut avoir. La senteur de sa fumée parvient encore à mes narines. Je tente. Je n'ai que ça à faire. Durant une partie de la nuit, je me forcerai à soulever un de mes bras sur le côté. Alors que j'allais abandonner, je me mets à trembler. Le phénomène réapparait. Mon bras droit, transpercé d'éclair, se décolle du matelas. A cet endroit, je sens un courant d'air frais passé entre les draps. Ça me fait curieusement frissonner. Ma peau semble s'être réveillée malgré l'heure tardive et le repos du monde entier. D'un dynamisme venu d'ailleurs, ma main se met progressivement à monter. Elle est tirée vers le haut par un fil invisible orné de barbelé. Maladroit, engourdi et balourd, mon bras se balance légèrement de gauche à droite. Il voltige sans but, plane librement, mollement au-dessus de la commode. Je l'observe abasourdie, ravie telle une créature surnaturelle se mouvant sous mes yeux. C'est incroyable, car je bouge et maintenant je n'ai plus mal. Je ne parviens pas à viser, à le diriger. Il parait ne pas vraiment m'appartenir. Dans un dernier effort, il cogne la bougie qui chute au sol. Le bruit n'a pas réveillé maman. Elle se tourne dans l'autre sens, sommeille à nouveau profondément. Je suis tout

Le témoin de porcelaine

de même satisfaite. Un petit geste pour certain, un grand pour moi. J'ai eu l'impression de pouvoir toucher les étoiles. Pour mon spectacle, j'en capturerai quelques-unes au passage la prochaine fois. Pourrais-je danser un jour, une nuit ? Au moins claquer des doigts, ce serait déjà ça.

Chapitre quatre
Le malheur des uns

Quand le ciel pleure, l'univers parait plus triste. Et il l'est, sans doute. L'eau goutte de partout, abreuve le désert insensible de l'humanité. Je me demande l'effet que ça fait de sentir les gouttes coulées sur sa peau. A la place, je touche du doigt la vitre glacée, sèche de mon côté et dégoulinante de l'autre. Je suis dans ce monde sans en faire partie. La voiture des Collins débarque, s'enfonce dans les flaques. Que se passe-t-il ? Ma vision est un peu brouillée à cause de la pluie. Il n'est pas l'heure du tout. Le frère de Susanne, camouflée dans son engin gris, s'en intéresse également. J'ai vu sa silhouette remuer, sa main balayer la vitre embuée, les essuie-glaces s'enclencher. L'horaire fixe de cette famille a été contrarié, on l'a bien tous les deux remarqué. Le fils Collins semble énervé. Il claque la portière, évite de dévisager sa mère Shiri. Il porte son sac, il devait donc se trouver à l'école. Est-il furieux parce qu'elle l'en a soustrait ? Possible. Sous cette averse, il devient rapidement trempé. Ses

Le témoin de porcelaine

cheveux dégoulinent. Avec seulement ce pull à capuche, il doit avoir froid. Il n'émet cependant aucune réaction quant à ces désagréments. Insensible aux intempéries extérieurs en accords complets avec son for intérieur, il pénètre dans la maison. Il en referme violemment la porte. Ce n'était pas la pluie qu'il avait fui. Shiri, au volant, a été lente. Au ralenti, elle a sorti un parapluie. A l'abri, elle a observé avec attention l'attitude de son fils jusqu'à ce qu'il disparaisse de sa vue. Elle l'a soutenu du regard dans tous les sens du terme. Son comportement à elle m'a plus qu'interloqué. On a clairement senti qu'elle aurait aimé l'interpeler, lui parler pour qu'il sorte de cette quarantaine dans laquelle il a semblé être renfermé. Mais elle n'a osé agir. Ça a été la première fois que je l'ai vu aussi émotive pour quelqu'un, aussi maternelle envers lui. Pour ça, je l'apprécierai davantage dorénavant. Des heures durant, elle n'a pas arrêté de jouer du piano comme pour se décharger d'un poids. Dans sa chambre, lui il a joué aux jeux vidéo, passant sa rancœur sur les autres joueurs. Il est arrivé un événement grave qui a bouleversé leur quotidien, si ce n'est leurs vies. Et de ce fait, la mienne. Pourquoi s'attèlent-ils tous à la détruire ? Elle me manque parfois dans toute sa banalité. Les choses nous manquent quand elles ne sont plus à notre portée. Cette anomalie les a atteint tous les deux, mais aucun n'a fait un pas vers l'autre pour être moins seul, pour partager cette épreuve commune. Il y a une carence évidente au sein de cette famille. Qui en a été la cause ? Les parents des parents ou l'instinct sauvage de chaque être humain ?

Avant que maman vienne me chercher pour la nuit, Shiri est venu toquer à la porte de la chambre de son fils. Heureusement, la pluie a cessé un moment, le temps de laisser mon horizon vitré se préciser. Le garçon a joué longtemps sans une once de joie. Il continue toujours. Je ne l'ai pas vu sourire, ça m'inquiète. Shiri entre, lui arrache la manette des mains. Elle parle, se met à lui crier dessus. Pour ne plus la voir, il se jette à plat ventre sur le lit. Pour ne plus l'entendre, il entoure ses oreilles d'un coussin. Il lui en veut. Mais de quoi ? Que lui a-t-elle fait ? C'est sa mère tout de même. Comment peut-il lui en vouloir de quoique ce soit ? Cette option n'en a jamais été une pour moi. Avec cette intervention, Shiri tient cependant à faire cesser tout ça. Après un temps d'hésitation, elle effectue de petites foulées, s'assit sur le matelas à ses côtés. Dommage, je n'entends pas les mots qui sortent de sa bouche.

Le témoin de porcelaine

Ils doivent être apaisants. Des larmes se mettent à couler de ses joues. Elle finit par avoir ce geste tendre qu'elle aurait dû avoir dès le début. Naturellement, elle s'est allongé sur lui, l'enlaçant maladroitement. Je suis enchantée d'être témoin de ce genre de déclaration d'amour. Elle sanglote dans son dos, je le devine. J'ai de la chance de ne jamais avoir eu assez de peine pour pleurer. Il parait que ça fait du bien, qu'on se sent mieux après. Je devrais peut-être m'y mettre. Si je n'y arrive pas, est-ce que ça ne voudrait pas tout bonnement dire que je suis heureuse ? Même si je n'ai pas l'impression de l'être, je le suis sans doute. C'est vrai, je ne souris pas, ne rit pas, ne pleure pas. Comment savoir ? Je suis gelée par la prison de glace que demeure mon corps. Parfois, j'ai envie de crier, de tout casser. Rien ne se passe, bien entendu. Même mes lèvres ne remuent pas. Elles gardent un léger sourire figé face à toutes les situations. Ça ne veut pas dire que je ne ressens rien, que je ne pense à rien. On m'a faite ainsi, différente dès ma naissance. Il y a peut-être eu un problème lors de ma conception qui m'a défavorisé... ou pas.

Comme d'habitude, maman me couche, me couvre précautionneusement avec délicatesse et soin. Elle se glisse sous les draps, expirant profondément comme si elle venait d'effectuer un énorme effort. Elle saisit le livre, tourne la tête vers moi. Son regard déjà déclinant s'attriste. Tel le journal des informations, dépourvue de l'émotion qui s'y prête, elle annonce une terrible nouvelle :

- Aujourd'hui, le mari de Shiri Collins est décédé dans l'exercice de ses fonctions. Il travaillait pour l'armée. C'est tragique. Mais ne t'inquiètes pas, Eden, ce sont des choses qui arrivent tout le temps.

Ces choses qui arrivent tout le temps, ma vie est basée dessus. Sont-elles pour autant négligeables et secondaires ? Tout s'éclaire en une sombre explication ; voilà pourquoi les voisins ont réagi étrangement aujourd'hui. Encore dans ses pensées, maman soupire :

- Pauvre Ryan, les enfants en pâtissent toujours pour les fautes des adultes. Dorénavant, il devra grandir sans père. Il va s'en sortir, on y est bien parvenues nous deux.

J'ai toutefois stoppé mon écoute au moment où elle a prononcé le mot Ryan. Grâce à un malheur, la disparition d'un être cher, j'ai enfin appris le prénom de celui que je vois tous les jours. Tout à coup, je me mets à déplorer le fait que je sois heureuse en cet instant puisqu'il est malheureux.

Le témoin de porcelaine

Maman me lit l'histoire. J'aurais préféré qu'elle continue sur celle des vies en face de chez-nous. Sur les pages du bouquin, j'aperçois discrètement des lettres espacées ou non sans pouvoir les déchiffrer. Peut-être y parviendrais-je un jour. Elle ne veut pas m'apprendre à comprendre les mots, s'est toujours défendue en me donnant une bonne explication :
- Je suis là, tu n'as pas besoin d'apprendre quoique ce soit. Tu vois, je te facilite la vie, ma poupée.
Sans elle, je ne peux rien, je ne suis rien. On dirait qu'elle ne veut pas parce que je suis trop précieuse pour elle. Ce qu'elle ignore c'est que rien qu'en me parlant, j'en apprends sur les gens. Cette faculté d'assimiler en regardant est ma seule aptitude naturelle. Enfin… jusqu'à ce que mes doigts et mes bras se sont mis à répondre de mes intentions. Je pourrais tourner les pages sous ses yeux ébahis. Mais j'ai peur qu'elle n'accepte pas mon peu de liberté, que tout disparaisse si j'utilise trop ce don. Donc tout se passe comme prévu. Elle s'endort très vite ces derniers temps. Je me retrouve encore seule cette nuit-là. J'en profite pour me tourner vers les étoiles. Le son de la pluie me calme, prouve le confort de ce foyer. Je lève le bras spontanément pour tenter de capturer une

Le témoin de porcelaine

étoile. Je sais, je n'y arriverai pas. Elle est si loin alors qu'elle parait à porter de main. Ça me fait penser à Ryan, à ses yeux qui seraient noyés de chagrin. Je n'ai pas vu son sourire, ça me turlupine. Quelque chose me dit qu'il n'est plus qu'un souvenir, un fantôme tout comme Susanne, ex-voisine et accessoirement amie.

Et je me souviens soudain avec précision la fois où maman en est venue à implorer à mes pieds. Ces instants ont été difficiles. Elle s'est montrée accablée, démunie, faible après m'avoir toujours démontré une force d'esprit phénoménale. Si elle n'est pas assez forte, qui me protégera ? Comment le deviendrais-je à mon tour ? J'ai eu une grande frayeur ce jour-là. Sa robe ensanglantée, sa chevelure en bataille, ses mains sales et terreuses : j'ai deviné ce qui s'était passé. Elle n'a rien pu éviter. Elle a pleuré sur mes genoux, a murmuré :

- Elle voulait nous séparer. Susanne voulait me faire interner. Tu entends ça ? Elle aurait voulu que je m'y présente spontanément. Mais c'est elle, ce sont eux, ils sont tous dingues. Plus personne ne doit savoir, parce que personne ne peut comprendre. Tu ne m'y reprendras plus. Je ne ferai plus confiance. Je ne commettrai plus une telle bêtise. C'est que toi et moi désormais, je te le promets. Pardonne-moi, Eden. On oublie tout, d'accord, ma poupée ?

Je n'efface jamais rien de ma mémoire, elle l'ignore heureusement toujours. A la toute première larme, elle avait déjà été excusée de toute manière. Susanne a voulu tout gâcher. Elle a payé. Ça a été sa meilleure amie et elle n'était plus. Au moins, elle restera l'unique. Depuis, maman m'a répété que ça a été une terrible erreur. Etre lié d'amitié, est-ce ça l'erreur ? Susanne a définitivement disparu de la surface de la terre ce soir-là. J'ai vite compris. La manière dont elle est morte m'est encore inconnue. Il y a tellement de possibilité. Ça m'est bien égal de toute façon. Pour moi, en définitif, ça a été salvateur. Là encore, un mal pour un bien. Cette cassure émotionnelle a changé maman. Elle est devenue plus attentive à moi, plus suspicieuse envers les autres. Au fond, c'est peut-être parce qu'elle les connait bien qu'elle s'en méfie autant. C'est nous deux contre le reste du monde, comme ça aurait dû être. Je ne la partagerai plus désormais.

Mes pensées sont à demi-interrompues par le mauvais temps dehors. Ce cataclysme s'apparente sûrement à l'état d'esprit actuel de Ryan. Seul dans sa chambre, il ne reverra plus son père. Moi, je n'en aie jamais eu. C'est une

Le témoin de porcelaine

chance, je crois, car il ne me manque pas. De cette manière, je n'en pleurerai pas. Des rafales mélangées à une pluie torrentielle secouent des ombres de branches devant la vitre. On dirait que l'obscurité se met à danser. Un sifflement donne épisodiquement au temps un aspect de réelle catastrophe. Le vent, passif avant, se met à souffler contre les murs, certainement en vue de les démolir. Je m'attends à ce que tout s'écroule d'une minute à l'autre. L'apocalypse tente d'entrer dans ma maison. Je risque d'être ensevelie. Je demeure pourtant indifférente. Non pas parce que je ne peux pas m'enfuir, mais parce que je ne le souhaite pas. Ici, je suis exactement où je dois être. Partir en reviendrait à me trahir, me perdre moi-même. Et puis, ça ne m'effraie pas plus que ça, maman est là. Je me tourne vers elle. Aisément, je pose la main sur son épaule à nue. Sa peau est plutôt froide et moite. Je remonte la bretelle de sa chemise de nuit, suivie de la couverture en coton. Elle prend soin de moi, je lui dois bien ça. Son visage ne parait pas tranquille. Ses paupières et ses lèvres fermées remuent. Sa tête soubresaute parfois. Elle ne s'en réveille pas pourtant. Elle doit faire de mauvais rêves. Je passe les doigts dans sa fine chevelure laissée à l'abandon. En la voyant faire ce geste sur moi, je me suis toujours demandé ce que ça faisait. J'ai enfin l'occasion de tester. C'est agréable. Enfin, ça l'a été jusqu'à ce que je retire ma main mêlée d'une touffe de ses cheveux. Les files fins se sont enroulés autour de mes doigts. La sensation est plutôt dégoûtante. A l'aide de l'autre main, je m'en dépouille, m'en débarrasse aussitôt au bas du lit. Est-ce pour cette raison qu'elle adore autant les miens ? J'y ai été doucement, je crois. Je ne maitrise peut-être pas complétement ma nouvelle capacité de mouvement. Le crâne de maman est maintenant visible à un endroit. J'imite le geste sur ma tête. Mes cheveux tiennent bon, j'ai beau tiré dessus. Cette dissemblance de plus m'horripile. Il y a tant qui nous sépare malgré notre lien indestructible. Je me calme. Son souffle rythmé m'entraîne dans une mélodie dont je ne connais pas les accords. J'entends une branche cognée contre la fenêtre qui ne cédera pas si facilement. Voici encore une preuve que je suis en sécurité à l'intérieur, tout comme un bébé dans le ventre de sa mère.

Chapitre cinq
Le vol ne paie pas

Quelques jours passent et il n'a toujours pas souri. C'est une épreuve, un désastre, dramatique. Il ne parait plus vivre. L'étincelle dans ses yeux s'est éteinte. Cette mélancolie doit être contagieuse, maman aussi n'attend plus rien. Las, elle finit de me peigner. C'est affolant, je crains le pire pour les gens que j'aime. Qu'est-ce que je deviendrais sans eux ? J'en aie un aperçu : Ryan a fermé ses volets depuis qu'il pleut. Maman enfonce la brosse à cheveux dans la grande poche avant de sa robe fleurie. Elle se courbe, se met ensuite à grimacer. Son ventre l'a fait souffrir visiblement. Pour me le cacher, elle se détourne, ressort quelque chose de sa poche et l'avale en mettant sa nuque en arrière. Elle finit par me montrer volontairement un sourire rassurant, mais malvenu :

- Il faut que je me prépare pour l'enterrement de l'époux Collins. Tout le quartier s'y rend, ce serait suspect si je manque à l'appel.

Le témoin de porcelaine

Elle quitte la pièce. A l'extérieur, il pleut continuellement comme si on aurait oublié de tourner un robinet. L'univers a saisi la détresse de Ryan, je suppose. C'est toujours pareil, j'entends clairement les gouttes d'eau tombées lentement une par une. Le bruit provient de l'intérieur, car le toit fuit dans le corridor. Il n'y a pas d'oiseau dans le ciel, juste des avions aux lumières clignotantes. Je rêverai de m'envoler, si seulement je possédais des ailes de fer ou de plumes. Je n'aurais plus peur, puisque je flotterais au-dessus de tout. J'atteindrais le bord de la fenêtre voisine. Convié par mes chants, Ryan m'ouvrirait volontiers ses volets et son monde qui se marierait avec le mien. Je le verrais de tout près, sentirais son odeur, son souffle, ses battements de cœur. Je n'aurais jamais été aussi proche de lui. Une très longue voiture noire aux vitres teintées s'arrête devant la maison des Collins. Ce véhicule est étrange. Presque immédiatement, mère et fils apparaissent comme s'ils l'attendaient depuis longtemps. Shiri porte un élégant tailleur sombre qui brille malgré la désolante situation. Un chignon élaboré attache en un nœud en dentelle les cheveux sur sa tête. Ryan est également habillé de noir. Sa capuche dissimule ses expressions. Mais il est triste, puisqu'il fixe

Le témoin de porcelaine

désespérément le sol comme s'il y trouverait des réponses. Il se stoppe net face à la portière arrière du même côté que sa mère. Shiri, ayant déjà ouverte la sienne à l'avant, lui dit quelques mots en désignant sa montre au poignet. Ce ne sont pas des termes visant à le réconforter. Le visage bouffi, elle parait stressée, affolée, à bout de nerfs. Sans réaction de la part de son fils, elle s'agite, claque sa porte et ouvre la sienne, le pousse de force à l'intérieur, le suit finalement à l'arrière. Dès leur départ, le quartier se met en effervescence. Ils se mettent tous à sortir de leur demeure respective. Maman se fige au pas de ma chambre.
- J'y vais, Eden. C'est juste histoire de me montrer. Ce ne sera pas long, ma poupée. Rassure-toi, je reviendrai le plus vite possible.
Son accoutrement est un leurre, tout comme sa présence à l'enterrement d'un homme qu'elle ne reconnaitrait pas s'il était encore vivant. Son grand chapeau rond masque à merveille sa chevelure fanée semblant avoir changé de couleur aujourd'hui. Sa robe évasée à la taille et aux épaules déguisent sa maigreur croissante. Elle disparait et presque tout le quartier a suivi. Je suis seule. Enfin, il y a bien le frère de Susanne. Là en bas, il ne réagit pas. Il me

ressemble, lui, à la recherche de quelque chose qu'il ne trouvera sans doute jamais.

Nageant dans un calme olympien, on entend soudain des trompettes criées un air triste. J'en ai la chair de poule. Des coups de feu dehors retentissent. Ils m'ont faite à chaque fois sursauter. Ils viennent du côté où il n'y a pas de fenêtre. Je n'ai donc pas la vue de ce qui se passe à l'enterrement. Il finit par y avoir des oiseaux. Ils fuient le bruit sous la pluie. Il n'y a pas qu'eux qui s'enfuient. Le frère de Susanne se met à courir dans ma direction. Etant trop près de la maison, il échappe à ma vision. Au travers du vacarme lointain des funérailles, mes oreilles captent un brisement de verre. Il semble venir de l'intérieur. Je me braque sur le seuil de ma porte, en attente de son arrivée imminente. L'homme est entré dans mon foyer, mon refuge. J'entends des tiroirs s'ouvrirent, ces pas frapper le sol. Son intrusion est silencieuse et serait imperceptible pour la plupart des gens. Cette discrétion voulue prouve qu'il n'a pas de bonne intention. Visiblement, il a de gros soupçons sur maman. Il cherche sûrement des preuves de sa culpabilité. Il n'en trouvera pas. Il monte les escaliers grinçants. J'ouvre grand les yeux, priant pour qu'il ne s'agisse en réalité que de maman.

Le témoin de porcelaine

Malheureusement, un homme cagoulé, voûté s'y présente. Il est déguisé en cambrioleur. Il me fixe tout de suite, ôte sa cagoule pour m'offrir son visage à quelques mètres de moi cette fois. Durant ce geste, il en a perdu son foulard qui le caractérisait de loin. Il ne s'en inquiète pas. Ses cheveux poivre et sel sont tout ébouriffés, on dirait un savant fou. Il se redresse, approche. Son comportement et son attitude me fait penser à celui de Susanne. Ils sont bel et bien de la même famille. Elle a autant été intriguée au début. Leur curiosité, quitte à braver les interdits, confirme réellement leur lien de parenté. Après avoir vaguement détaillé la pièce, il s'accroupit devant moi, lève le bras à mon encontre. Je n'ai aucun réflexe de défense. Pourtant, j'aurais pu. Je me contiens dans le rôle qui m'a toujours été attribué. Il partage à voix basse ses étranges pensées :
- Ce n'est pas vrai... voilà ton secret... tu caches bien ton jeu.
Il enfonce son index dans mon épaule, étire ma joue. Sa main envahissante se promène ensuite sur mon visage, tâte ma peau rigide. Elle se retire. Il m'observe aussi telle une bête curieuse. Je me sens être un objet. Mais j'ai l'habitude, ça ne m'atteint pas. Son regard diffère cependant de celui de sa sœur. Il est davantage intéressé,

émerveillé qu'écœuré, outré. Il me sonde ardemment. Pendant un instant, j'ai l'impression qu'il me comprend, qu'il pourrait m'entendre penser. Ce qu'il marmonne me pousse à le croire :
- Petite, ce n'est pas ta place ici.
Cet étranger entré par effraction ne me veut pas de mal, je le sais. Enthousiaste et confiant, il mordille sa lèvre inférieure. Des millions de questions doivent tourner en rond dans son esprit. Sa respiration est beaucoup plus rapide qu'elle ne devrait l'être. Sa veste de velours noir semble douce, neuve. Elle est cependant rapiécée à ses coudes pour donner un faux air vieillot. Son parfum m'est inconnu. Je ne sais à quoi l'associer si ce n'est à lui, homme adulte et mature prêt à tout pour sa sœur disparue. Je me surprends à apprécier sa présence pleine d'assurance. Il recommence à me palper, sans retenu cette fois-ci. Ça ne me fait aucun effet, si ce n'est celui d'appartenir à quelqu'un d'autre que maman, peut-être à un père. Il construit un rapport entre nous, m'arrachant à cette solitude éternelle. Il me fait prendre conscience de certaines formes de mon corps dont j'ignorais l'existence. Il dessine mes courbes, leur donnent une consistance à son passage. A mon tour, j'ai envie de me toucher, de le toucher, de donner

Le témoin de porcelaine

une idée réelle à tous ses traits réfléchis. Ils sont sûrement en harmonie avec les batailles qu'il a livrées pour en arriver là. Je sens qu'il pourrait me protéger au péril de sa vie, tout comme il le fait pour découvrir l'atroce vérité sur la disparition de Susanne. Mais je tiens à rester dans cette chambre. Je ne veux pas qu'il m'emmène ailleurs. J'entends tout à coup maman qui arrive. Je reconnaitrais ces pas entre mille. Il devrait s'en aller. Je ne peux l'en avertir. Mes lèvres sont scellées. Je n'essaierai même pas de les décoller, car je crains de ne plus pouvoir bouger après. Une seule faculté me serait peut-être qu'accordée. Au rez-de-chaussée, maman a marché sur les bouts de verre cassée, se précipite dans les escaliers. Je le perçois avec clarté, tandis qu'il ne se doute de rien. Ma tête s'est automatiquement tournée vers le seuil de la porte où elle ne tarderait pas à apparaître. Surpris de mon mouvement, l'homme a chuté en arrière :
- Wow, c'est dingue ce truc !
Désorienté, il me toise d'un sourcil levé. Je l'intrigue davantage. Il se focalise sur moi, omettant la présence dont il devrait se méfier. Je vois subitement maman arriver discrètement. Elle pose l'index sur ses lèvres, comme si j'aurais pu le prévenir. Et puis, je reconnais ce regard

déterminé, irréversible. Le mal semble s'être emparé d'elle. Rien ne peut l'arrêter tant qu'il n'aura pas accompli son œuvre. Je ne tiens pas à m'y opposer. Je reste calme, mais je ne le suis pas. J'ai envie de courir, de m'enfuir pour éviter de voir ce que je verrai inévitablement. Elle s'incline doucement, saisit le foulard parterre, s'avance sans bruit. La femme mal-en-point des derniers jours a soudainement disparu. On aurait dit un félin prêt à se jeter sur sa proie. Le frère de Susanne se met debout. Malgré moi, je retiens toujours toute sa précieuse et indispensable attention. Sa grande taille pourrait être un avantage à sa survie. Au lieu de ça, maman a profité de son mouvement, du froissement de vêtement, pour se précipiter incognito, lui sauter dessus en agrippant le foulard à son cou. En moins de deux, il a failli tomber en arrière et rendre l'âme. Il s'est retrouvé étouffé par son propre carré de tissu en soie. Dos à dos, chacun lutte pour des raisons qui leur tiennent à cœur. Maman se laisse pendre, l'opprimant par tout son poids. A première vue, le combat est inégal entre ce petit bout de femme et cet homme dans la fleur de l'âge. Mais elle a la rage nécessaire pour parvenir à ses fins, je l'ai vu plus d'une fois à l'œuvre. Malgré qu'elle le serre de toutes ses

Le témoin de porcelaine

forces, il a le réflexe de reculer, de la plaquer contre mon étagère. Des peluches en tombent. La boite à musique tape à son tour violemment le sol. Les pieds de la danseuse se cassent et la libèrent de son socle. Ainsi, brisée et isolée, elle me ressemble drôlement. Je ne suis finalement pas aussi unique que ça.

Tout se passe très vite. Pourtant j'arrive à en distinguer chaque détail, comme si j'en ai ralenti les scènes pour mieux les assimiler. Même ici, j'ai l'impression d'être une téléspectatrice derrière son écran. A terre, l'homme tousse, inspire et expire fortement. Maman se tient la tête cognée toute à l'heure contre l'étagère. Ses cheveux se mêlent à son sang. Doucement, elle reprend connaissance, s'aidant de l'armoire pour ne pas s'écrouler complétement. Elle finit par glisser le long de l'étagère, grimaçante de douleur. Sa détermination n'est en rien diminuée. Elle ne compte lui laisser aucune chance de s'échapper. Immédiatement, elle fouille le plancher, attrape la boite à musique en bois. Ce qui ne parait pas redoutable le devient entre de mauvaises mains. Elle rampe et avec acharnement, elle balance l'objet solide aux coins pointus dans le crâne de son adversaire. Il s'écroule au premier coup, tourne peut-être

pour la dernière fois la tête dans ma direction. Ses yeux partent dans tous les sens. Son visage est encore rougi du manque d'oxygène. Maman se met à califourchon sur le corps pour le dominer. En dupant son agressivité, elle se penche au-dessus de son oreille, l'avise tranquillement :
- Tu diras à ta sœur que je suis désolée.
Puis, elle frappe encore et encore jusqu'à ce qu'il ne donnera plus signe de vie. La répercussion de son crâne fracassé s'ébruite au fur et à mesure que les tâches de rouges sont projetées sur les murs. On aurait dit une nouvelle décoration de la pièce. Son regard à l'agonie se plante toujours dans le mien. J'ignore si c'est volontaire ou non. Il semble vouloir communiquer. Il me demande de l'aide ou de m'en aller pendant qu'il en est temps. Bref, on ne se comprend plus. On ne s'est peut-être jamais compris, en fait. Il part vite et trop loin pour que je capte son tout dernier message. Il s'éteint, yeux vitreux. J'ai observé sa vie s'évaporer. Ça a l'air tellement facile de mourir. Il n'est plus. C'est fini. Ça a été si rapide comparé à des années d'existence. Une âme a quitté ce corps, et… rien. Rien de spécial ne s'est passé. Aucune manifestation étrange n'a envahi l'endroit, pas âme qui vive. J'avais cru être

Le témoin de porcelaine

témoin d'une chose unique, marquante, mais non. C'est juste déroutant quelques instants, ensuite ça passe comme tout le reste. Maman, bras ballants, s'agenouille un moment devant cette situation barbare ne lui correspondant pas vraiment malgré tout. Elle est si gentille d'habitude. Désarçonnée, elle frotte son front d'un revers de bras, y répand le sang. Ses prunelles papillonnantes errent à la recherche de réponse et d'aide. N'en trouvant pas, elle fouille dans une de ses poches sur le côté. Elle en retire machinalement une petite boite, en avale un comprimé. Elle ne parait plus voir personne, même pas moi. Elle est ailleurs, en a peut-être besoin pour son bien. Parce que ce qu'elle a voulu me dissimuler avant, elle me l'a dévoilé maintenant. D'un coup, elle reprend du poil de la bête. Est-ce l'effet du cachet plus très discret ? Elle tente de tirer le cadavre hors de ma chambre bien qu'il ne puisse plus me froisser. Précautionneusement, elle le tient par les bras, mais a du mal à le déplacer. Cette traction macabre dure sûrement plusieurs bonnes minutes. J'ai de la peine à réaliser que dans cette histoire, j'ai eu l'impression de compter davantage pour lui que pour elle. Puis, je ne la vois plus, je ne les vois plus. Des échos viennent de la salle de bain. Ses pas cognent vivement le

sol. Une machine se met soudainement en marche. Je l'entends se heurter à quelques difficultés, le son s'étouffant parfois. L'hémoglobine souille désormais ma chambre, laisse des trainées qu'on ne peinerait pas à suivre. Je distingue immédiatement cette odeur, une odeur de mort. Je l'ai déjà senti auparavant sur maman.
Pour l'instant, il n'y a toujours personne dehors. L'enterrement ne doit pas être terminé, la pluie si. Les rayons du soleil tentent de revenir. Ils éclairent brusquement maman en train de pénétrer dans la voiture grise de l'homme qui n'en est plus un. Elle la déplace, ingénieux pour ne pas qu'on la soupçonne en premier lieu. Elle disparait avec. Retour à la vie : les habitants regagnent en masse leurs demeures respectives. Ils n'ont rien vu d'anormal eux, entre la vie et la mort. Maintenant le cadavre évaporé, tout est revenu à la normale.

Les Collins réapparaissent enfin en compagnie d'autres personnes qui repartiront immédiatement. Shiri tient des plats de nourriture, les autres des bouquets de fleurs. Ryan, lui, porte un vêtement vert plié en carré et un carton jonché d'enveloppes. Je suis contente de le revoir. Il remet de l'ordre dans les rôles de

Le témoin de porcelaine

chacun. Derrière leur maison, un arc-en-ciel se dessine graduellement. Des couleurs parsèment le ciel comme si aucune vie n'avait été ôtée aujourd'hui. Comment une chose aussi magnifique peut exister dans un monde aussi moche ? C'est un signe. Le ciel veut me montrer que l'habitant de cette maison est important, probablement la clef d'un paradis recherché. J'entends en permanence quelque chose qui goutte non loin de la porte de ma chambre, sans doute un restant de pluie. Ça peut être autant énervant que tranquillisant. Maman s'inquiète, bouche ma vue. Elle est rentrée depuis peu et vient de réaliser. J'ai été témoin d'un crime, son crime. Serrant mes joues de ses paumes parsemées de sang séché, elle demande de mes nouvelles :

- Eden, est-ce que ça va ? Ma poupée, tu n'as rien ? C'est fini, ne t'inquiètes pas. Il ne peut plus rien contre toi. Il ne parlera plus. C'est fini, maman s'est occupée de tout.

N'attendant pas de réponse de ma part, elle vacille en se redressant. Visiblement, cette épreuve l'a épuisé au plus haut point. Elle parait encore plus fatiguée. Je ne peux m'empêcher de remarquer ses ongles sales, ses doigts terreux. Jetant un œil dehors, elle précise, certainement pour s'obliger à ne plus remuer le passé :

Le témoin de porcelaine

- Shiri a dû aller chercher son fils au poste de police, tu te rends compte ? Il a volé dans le magasin où il travaillait après les cours juste après avoir appris pour son père. Aucune charge ne sera retenue contre lui. Ils ont eu pitié... Tu vois, il a de la chance d'avoir sa maman lui aussi. Elle le protège, tout comme moi avec toi.

Elle a parlé naturellement, en s'inquiétant pour des choses anodines contrairement à ce qu'elle a fait juste avant. Déjà en sueur, elle commence à nettoyer la chambre du sol au plafond tout en étalant à haute voix des sujets complétement dérisoires. Elle s'essouffle, s'occupe l'esprit pour supporter le poids de ses actes. Elle frotte, astique maladivement chaque recoin. Elle ne supporte pas de voir ce lieu souillé, elle le dit. Pourquoi a-t-elle tué ce fouineur ? Pour l'empêcher de parler, il aurait tout simplement suffi de lui arracher la langue. Il ne fait pas nuit, à peine sombre. Elle m'emmène déjà dans sa chambre à coucher. J'aperçois en passant dans le couloir un bidon rempli d'eau. Malgré son absence, la pluie continue de couler du toit fissuré. C'est là que je réalise, la maison tombe en ruine. Sans me lire d'histoire, après s'être déshabillée succinctement, maman s'allonge sous la couette et ferme les paupières. Elle n'en peut plus, sommeille déjà loin de moi.

Le témoin de porcelaine

Le temps passe, mais elle n'est pas tranquille. Elle se tourne à gauche, puis à droite. Elle ne trouve pas sa position idéale pour un repos totale. Elle se met à tousser. Je m'exerce à bouger. Ça parait si facile pour elle de se mouvoir, même en dormant. Avec un effort maintenu, j'arrive à remuer les doigts, la tête. Je semble être enfin maitre d'une partie de moi-même. C'est plutôt satisfaisant de se contrôler, de connaitre son corps. D'un bond, maman se lève, me poussant au passage tel une peluche décorant son lit. Je l'entends vomir par écho à la salle de bain. Elle a dû attraper la grippe. J'en déduis qu'il doit faire froid à l'extérieur malgré l'apparition du soleil durant la fin d'après-midi. Mes yeux se baladent où ils peuvent. La pièce est bien rangée. Le frère de Susanne ne doit pas être venu jusqu'ici. Du coin de l'œil, je vois un tiroir de la table de chevet entrouvert. Au hasard, je plonge la main dedans. Telle une grue, mes doigts s'écartent, agrippent et remontent l'objet gagnant. Au toucher, il semble y avoir plusieurs choses à l'intérieur. J'en ressors une petite boite orangée au bouchon plastique blanc. Sur le flacon, une étiquette arbore des mots que je ne saurais lire. Mais il est évident, au vu des capsules colorées, que ma théorie de la grippe se vérifie. Elle en a déjà pris pas mal de ces

Le témoin de porcelaine

médicaments. Une maladie expliquerait clairement les symptômes dont elle est victime depuis un moment. Le silence réinvestit les lieux. Des pas le démolissent. Je replace mon bras le long du corps, feignant l'immobilité. Il ne faut pas qu'elle ait des soupçons. Elle en a assez fait. Balayant sa bouche d'un revers de main, elle soupire, s'allonge sous la couverture. Un mort de plus à son actif serait sans doute de trop. Enfin… c'est ce que j'avais cru jusqu'à aujourd'hui.

Le témoin de porcelaine

Chapitre six
Manifestations fantômes

Les rideaux ont été tirés. Je n'y vois pratiquement rien, si ce n'est des ombres remuer. Je n'aime pas ça. Je me sens borgne, privée d'un de mes yeux essentiels à ma survie. Le spectacle de l'existence de Ryan m'est dorénavant interdit. Je n'ai plus droit à une place privilégiée. Mais j'ai besoin de lui en face de moi. C'est un grand vide quand il n'est pas là. Et qu'il ne le sache pas, ça ne me dérange pas, ça ne compte pas. Je n'espère même pas qu'il me voie un jour. Ainsi, ça ne s'arrêterait jamais. Mon horizon s'éclaircit quand Shiri fait entrer la lumière dans sa chambre, tirant les rideaux. Elle ouvre ensuite la fenêtre. Ryan est couché sous sa couette dans laquelle il s'emballe davantage face à l'éclat agresseur de l'extérieur. Depuis le décès de son père, il sort de sa maison seulement vers la fin d'après-midi. Il se cloitre la plupart du temps dans cette pièce. Il me ressemble maintenant. Une manche verte se mêle à son pied qui dépasse. Sa mère l'aperçoit, tire dessus, se met à crier. Ce vêtement

Le témoin de porcelaine

ressemble à celui qu'il a ramené le jour de l'enterrement. Se calmant toute seule en respirant exagérément, Shiri plie soigneusement la chemise avant de la ranger dans l'armoire. Une casquette assortie trône sur le dessus d'une des piles. Elle la frôle volontairement, est prise d'une nostalgie de frisson.

- Il n'a pas d'ami, plus de père. Il tournera mal, ce gamin.

Maman me retourne vers elle. Son discours a changé. Elle ne croit plus en la bonne étoile de Ryan. Elle sait sans doute quelque chose que j'ignore. Mais moi non plus, comme lui, je n'ai pas tout ça. Il me manque également tout ce qu'elle a dit. Vêtue de sa robe et de son collier de perles blanches du dimanche alors que nous ne le sommes pas, elle doit sortir pour se rendre à l'Eglise. Elle poursuit son monologue, me dissuadant de m'intéresser au voisin :

- Il traine souvent au cimetière, c'est de mauvais augure.

Ainsi, il rejoint cet endroit lugubre tous les soirs comme je peux le voir. Que fait-il au cimetière ? Qui a-t-il de si intéressant pour qu'il s'y rende aussi souvent ? Y retrouverait-il quelqu'un en secret ? Est-ce juste lié au décès récent de son père ? Je l'espère. Maman croit fréquemment me conforter, mais parfois elle ne fait qu'augmentent les mystères perçants mon esprit. Dans cette même perspective, elle déclare encore une vérité prouvant ma différence flagrante :

- Dieu merci, tu n'iras jamais là-bas, ma poupée. Tu n'as pas de souci à te faire.

Je m'en fais plutôt pour elle. Elle y sera sûrement un jour. Je n'ose y songer. Qu'est-ce que je deviendrai ? Elle m'inquiète déjà. Son teint est blême. Elle a du mal à marcher d'un pas décidé. Elle vacille, erre. Ses traits sont tirés. Elle n'a pas l'air en santé, a encore passé une mauvaise nuit. Est-ce à cause de l'incident lié au frère de Susanne ? Le premier ne l'a pas autant atteint physiquement. Pourtant, elle a agi au mieux, comme toutes les mamans l'auraient fait. Elle a cependant souvent répété qu'on paie lorsqu'on ne respecte pas certaines volontés supérieures. Soupçonne-t-elle d'en avoir enfreintes quelques-unes ? Elle n'est pas méchante, car elle pense faire le bien. Et sinon elle ne pourrait plus entrer à l'Eglise, pas vrai ? D'une gentillesse que je sais innée, elle me caresse la tête avant de s'en aller. Elle veut me préserver. Je le vois dans son regard, cet anéantissement. Elle n'espère plus rien. Sûrement plus rien de personne, quand elle a su ce que sa meilleure amie pensait réellement d'elle. Elle dit souvent que les autres ne peuvent pas comprendre. Elle doit avoir raison. Parce que moi non plus, je ne comprends pas trop finalement.

Il rentre comme un cadeau alors qu'il fait sombre dehors, assez pour se faire discret en tout cas. Se serait-il rendu au cimetière comme maman l'a indiqué ? Son manque de soin envers sa coiffure et ses vêtements étayeraient cette hypothèse, les morts ne prêtant pas spécialement attention à l'apparence. Au milieu du chemin menant aux marches de l'entrée, Ryan fait un petit tour sur lui-même, s'assurant qu'il est bien seul. Sentirait-il ma présence ? La lumière s'allume à son passage. Sous le pavillon, devant la porte, il sort des clefs de sa poche. D'un coup, il se stoppe, garde le bras tendu tel les ailes d'un ange, lève la tête au ciel. Il a dû entendre quelque chose, peut-être mes pensées. Mais non, sous le lampadaire de l'autre côté de la route, une, deux, trois silhouettes apparaissent près de la lumière. Elles passent sous la grande lumière qui les fait se dévoiler. Il a dû réveiller des esprits qui l'on poursuivit. On n'y voit pas grand-chose. Les spectres de tailles et corpulences moyennes se camouflent sous des vêtements sombres, une cagoule ou un

Le témoin de porcelaine

capuchon. Leurs figures cadavériques se distinguent à peine. On y voit des os blancs, des orbites sans globe, deux petits trous pour le nez et un trait pour la bouche. Visiblement, Ryan n'est pas revenu seul du cimetière. Tels des ombres menaçantes, les messagers de l'au-delà se faufilent jusqu'au vivant. Tout ce temps, il a gardé son regard braqué sur la porte d'entrée de sa maison. Il a dû les voir arriver dans le reflet d'une vitre, puisqu'il s'est retourné brusquement au bon moment. Il n'a apparemment pas peur de ces fantômes qu'il voit parfaitement maintenant. Il a peut-être des dons de médium. En serais-je dotée également ? Il descend les escaliers, levant les bras en guise de paix. Il parait vouloir engager une discussion sereine, certainement pour calmer le jeu. S'attendait-il à des représailles ? On dirait bien. Il les connait, leur parle tout en tentant de les éloigner discrètement de son habitation. Sans doute ne veut-il pas mettre en danger sa mère qui dort à point fermé. Il est cerné au milieu de ce triangle malfaisant, et pourtant il leur fait face sans trembler. C'est comme s'il savait ce qui arriverait et que rien ne pouvait empêcher ce fait futuriste, aussi un peu comme s'il s'en fichait de son avenir. Un des fantômes s'avance, n'étant pas prêt à se faire mener par le bout du nez. Il pousse Ryan sans retenu. Je suis étonnée qu'il puisse le toucher, qu'il ne le traverse pas. Il s'apparenterait plutôt à des zombies. Prix par surprise, Ryan a chuté, dos contre les marches d'escaliers en pierre. La situation allant dégénérer, il se retourne, monte les marches à quatre pattes. Il a apparemment changé de plan. Il essaie maintenant de juste sauver sa peau. Le voir vulnérable derrière mon refuge de verre est très frustrant. Mes poings se serrent alors que je ne leur demande rien. Je ne suis pas devin, mais je sais qu'il va arriver quelque chose de moche. Ryan se précipite sur la poignée de la porte. Mais tout à l'heure, il n'a pas déverrouillé. Il est coincé. Le temps semble lui être compté. La troupe sinistre se retrouve sur le perron en sa compagnie. Elle l'encercle à nouveau. Nous ne sommes pas en période de guerre, ils semblent l'avoir oublié. Chacun leur tour, les revenants le poussent dans la direction d'un autre qui suivra le même schéma. L'escalade de violence a commencé. Ce sont des esprits frappeurs. D'où sortent-ils ? Du cimetière ? L'un d'eux s'écarte légèrement. Ryan est poussé à cet emplacement vide, y dévale les marches au même nombre que les assaillants. Ils parviennent bel et bien à l'atteindre malgré leur passage dans l'au-delà. A plat ventre, il se tient le dos, sûrement pris par

Le témoin de porcelaine

une forte douleur. Il tente de se relever avec difficulté. Le pied d'un défunt vient se loger sur sa poitrine. Il est, de la sorte, collé au sol. Il parvient, dans un sursaut, à rejeter le pied du zombie sur le côté. Malgré la misère de sa condition, il tient bon. Le défunt agressif a vacillé plus loin. Ryan se relève. Les deux autres le retiennent, l'obligent à se mettre à genou. Ça me fait penser à maman, à toutes ses prières qu'elle a dû faire dans cette position. Le zombie le plus brutal revient, se met devant lui, prouve sa supériorité. Il croit, par la force, avoir les pleins pouvoirs. Pour l'instant, il les a. Les sbires dressent son menton de façon à ce qu'il le regarde, la mort en face. Ryan est sa merci. Ça me renvoie atrocement à ma situation. Moi aussi je suis prisonnière, maintenue sur cette chaise. Et je ne peux pas le secourir, juste regarder. J'aurais préféré cette fois-ci que la réalité soit invisible. J'ai souvent cru à un avantage, à une place de choix loin de toute cette cruauté humaine qu'être derrière la fenêtre. Mais maintenant j'ai envie d'interagir, de participer pour le secourir, de traverser la glace pour passer de l'autre côté. Ça ne m'est jamais arrivé de le vouloir aussi fort. Si je n'interviens pas, je me rendrai coupable de la suite des événements. Ce serait comme si je permettais leurs agissements. Hors, il n'en est rien. Le zombie lui donne un coup de poing en pleine figure. Son nez se met à saigner jusqu'à la bouche. Il a beau se débattre, il n'y a rien à faire à part subir. Ma vie y ressemble, à la différence que je n'ai pas ressenti de réelle souffrance. Mes ongles s'enfoncent dans mes paumes, les perforent. Je vois le diable en personne se manifester. Ryan reçoit encore un coup de pied dans le ventre. Il en crache du sang qui doit obligatoirement avoir l'avant-goût de l'enfer sur terre. Il s'effondre sur le côté. Le groupe squelettique en profite pour lui donner une avalanche de coup au gré de leurs envies. C'est cruel, semblable à un agneau en train de se faire manger par les loups sous ma vue. Il lui faudrait une bergère qui les chasserait, les traquerait. Je ne le suis pas. Sa sauveuse, ce n'est pas moi. Il me semble recevoir douloureusement chaque coup à sa place. Voilà une chose nouvelle que cette sensation physique. Je n'ai jamais senti mon corps. C'est une partie lourde et inerte de ma personne. En prendre conscience, ça fait horriblement mal. C'est semblable à si j'ai soudain découvert qu'il me manque depuis toujours un bras ou une jambe. Il est évident que ces êtres sont l'incarnation du mal, tout ce dont l'église nous met en garde. Ce que maman m'a raconté, sur le monde trop sauvage pour être dompté, prend du sens. Dehors, c'est dangereux. Faut-il pour autant ne plus sortir de chez-soi ? Ils s'attaquent injustement à lui. Seul contre tous, il n'a aucune chance. Pourquoi je reste passive ? Je suis tranquillement assise sur cette satanée chaise. Pourquoi ne puis-je pas m'y joindre, recevoir l'un des coups et alléger ces supplices ? Si je pouvais tout casser, je le ferais. Je suis juste follement en colère et rien ne se passe en apparence. Cette colère me ronge, me grignote les doigts qui se mettent subitement à remuer au bout de mes mains. La chaise se met à basculer de plus en plus vite. Le spectre d'une berceuse me pousse d'avant en arrière. Mes jambes sont plantées par de petites aiguilles pointues, cinglantes. La pluie de violence s'enchaine dehors. Ryan est à terre depuis quelques minutes déjà. J'espère qu'il est toujours en vie, mais rien n'est certain d'ici.

Des phares m'éblouissent. Maman revient du magasin aussi tard, sac en main. Elle se dirige vers la maison, négligeant ce qui se passe au pas de la porte des Collins. Mes bras convulsent, vont frapper la vitre faiblement en comparaison à la volonté qu'il a fallu pour parvenir à ce mouvement. Maman n'a rien vu, ni entendu,

Le témoin de porcelaine

évidemment. Mes jambes sont toujours assaillies de piqûres. Des abeilles semblent m'attaquer par milliers. Mes prières ont-elles été entendues ? Sentirais-je les coups que Ryan a reçus ? Ma bouche s'ouvre. Aucun cri n'en est sorti. Sous mon poids penché en avant, la chaise bascule soudainement. Malgré ce que j'aurais pu croire, mes deux pieds me retiennent d'une éventuelle chute, se posant à terre les premiers. Je n'ai plus mal nulle part d'un seul coup. Un réflexe en amenant un autre, mes pieds appuyés au sol me repoussent en arrière. La chaise bouge à l'aide de ma propre force semblable à une balançoire d'un parc. J'en ai presque oublié l'apocalypse à l'extérieur. J'y jette un œil. Les spectres vengeurs ont disparu, Ryan aussi. Il doit être rentré à l'abri, sain et sauf. Je préférais y croire. Parce que je me refuse de gâcher ce moment où j'ai utilisé une nouvelle partie de mon être. Ce basculement me ravit, malgré qu'aux moments où je ne pousse plus sur mes pieds, la douleur se manifeste à nouveau. Mon corps tenterait-t-il de m'envoyer un signal ? Sûrement, et je sens que ce serait comme sortir d'une impasse. Mon cerveau commence seulement à saisir. Ainsi, mes prunelles se tournent automatiquement vers la danseuse libérée de sa boite, laissée sans égard sur

Le témoin de porcelaine

l'étagère. Je sais maintenant ce qu'il faut faire. Le seul moyen de me débarrasser définitivement de cette douleur quand elle vient, c'est de bouger, de marcher. Un mécanisme que mon corps a inventé pour me faire avancer ; cette idée, cet espoir est complétement fou. Mais le fait de tendre les bras l'a été également auparavant. Il ne l'est plus. Avec courage, je me lance sur mes deux jambes qui mollissent tout de suite. Ma tête va immédiatement s'écraser contre la glace froide de la fenêtre. Je trébuche, glisse, chute non loin d'où le frère de Susanne a rendu son dernier souffle. D'ailleurs, mon horizon est sans doute le même que le sien en cet instant. Ça me fait froid dans le dos. D'autant plus que mes jambes se crispent, me font payer le choc de l'effondrement. Je me sens vraiment mal, pas qu'à cause de la douleur. On m'a certainement mise dans la mauvaise peau de la mauvaise fille. C'est un odieux mépris. Aussitôt, je me relève sans le moindre effort, miracle ! J'allais sourire à cette perspective fabuleuse, quand brusquement je distingue l'épaule de maman sous ma tête. Elle m'a simplement porté et s'exprime maintenant avec angoisse :

- Comment es-tu tombée ?! Tu n'as rien au moins, ma poupée ?

Le témoin de porcelaine

Elle me remet sur la chaise après l'avoir stabilisée, m'obligeant à réaliser mon lourd handicap déjà peu absent. J'aurais préféré qu'elle me laisse encore croire, quitte à pourrir sur place. J'aurais essayé plus durement de me relever, même si je n'y serais peut-être jamais arrivée. J'ai imité la ballerine, couchée sur l'étagère. Elle me fixe, me nargue pratiquement. Personne ne l'a bougé, elle. Elle doit se débrouiller si elle veut se lever. Maman n'a aucune idée de ce qu'elle venait de faire. En cette action pleine de bonnes intentions, elle a un peu brisé un rêve, mon rêve.
- Tu vois Eden, tu es bien mieux là, non ?
Sa réflexion, aussi complaisante soit-elle et malgré l'intonation qui pourrait y prêter à confusion, n'a pas été une question. Ça ne l'a jamais été.

Enfin, maman semble s'être assoupie. Elle commence tout juste à se reposer, qu'importe. Le monde est endormi. Je peux réitérer mes exploits du jour durant la nuit. Parce que je ne tiens pas à ce qu'elle le sache. Elle se sentirait sans doute trop inutile sinon. Je ne peux lui ôter le fait de m'être indispensable. Dans un sens, elle le sera toujours. Mais, d'après son moral de ces derniers temps, elle ne le prendrait

Le témoin de porcelaine

certainement pas de cette manière-là. Je me refuse de détruire quoique ce soit entre nous au nom de la vérité. Tout d'abord, il me faut un objectif. J'aperçois son joli collier posé sur la commode auprès de la boite à bijou. J'ai toujours voulu l'attraper quand il pendouille à son cou. Je me fixe dessus, roule jusqu'au bord du lit. En premier, à l'aide de mes bras coopératifs, je jette ma jambe gauche au bas du matelas. Elle pendouille telle une solide branche d'arbre mort. Satisfaite, je pousse la seconde à côté. Par saccade, je redresse mon dos. Chacune de mes vertèbres s'efforce petit à petit à le me soutenir. Je me retrouve finalement assise. Il me reste plus qu'à me lancer pour avancer. Je me laisserais bien aller. Mais j'ai l'impression de devoir marcher pour la deuxième fois sur la lune. Je redoute, déroute, remet en doute. L'apesanteur pourrait autant m'aider que m'écraser. Mes jambes sont-elles vraiment prévues à cet effet ? Ne serait-ce pas une illusion ? Une envie d'indépendance me prend aux tripes, m'incite. La danse dérouille ma mécanique. Elle est mon moteur. Mon corps se balance dans les airs, attisé par ma liberté, quitte à dégringoler plus bas. Et je m'écroule. Je reste là, un chien sur le tapis au pied du lit. J'essaie. Rien ne se passe. Je n'ai plus la vigueur nécessaire pour me relever, tout effacer et recommencer. Ma faculté, peut-être trop utilisée aujourd'hui, s'est évaporée. Mais je ne vais pas lâcher, non. Comment une danseuse pourrait-elle émerveiller sans bouger ? Même la ballerine de la boite tournait sur son socle. Je ne tiens pas à être comme elle maintenant ; brisée. Il en faut plus pour me décourager. Demain, ce sera mieux. Je ferai mieux.

Le témoin de porcelaine

Chapitre sept
Etre une autre

Avec impatience, j'ai espéré qu'elle s'en aille. Elle ne se sentait pas bien, alors elle a mis du temps à se décider. C'est peut-être cruel de ma part d'attendre une telle chose. Elle prend tellement soin de moi. De la cuisine, un arôme de chocolat me ravit. Elle a fait des gâteaux que je ne pourrai pas manger. Ils iront à la poubelle, comme bien d'autres choses. C'est dommage. Le moment est finalement venu après qu'elle les ait déposés au pas de ma porte. Mais je sais qu'elle n'espère pas réellement que je me lève pour y goûter. D'en haut, je la vois prendre la voiture, partir. Et j'en ressens une énorme culpabilité. Son retour a toujours été l'attente principale de mes journées, pas son départ. Quelque chose a changé. Comment puis-je être aussi odieuse envers maman ? Pour moi, elle a tout donné sans compter. Elle a même commis l'impensable. Chacun de ses actes pour mon bien me donne conscience que je n'en ferai jamais autant pour qui que ce soit. Son amour inconditionnel n'a aucun pareil, m'oblige à me

Le témoin de porcelaine

demander si j'en vaux la peine. Le parfum praliné contamine la pièce où je suis enfermée. Ça donne un air certain de voyage, semblable à si j'étais allée moi-même dans une chocolaterie. Pour la énième fois, je me fixe sur la fenêtre d'en face ne donnant rien que sur des lames de bois blancs attaquées par les intempéries. Ryan a fermé ses volets, il y a plusieurs jours de ça. J'espère qu'il va bien. Je ne l'ai pas revu depuis le soir où il s'est fait agresser par une horde de zombies affamés. Maintenant, il n'y a plus que moi dans la maison. Alors je me concentre, ferme les paupières, me penche en avant tout en mettant les bras devant. Je m'écroule de la chaise au parterre, rattrapée par mes mains tendues pour ne pas frapper ma tête la première. Tout en étant prises de convulsions, je m'appuie sur mes genoux. La douleur a vite réapparu dans chacun de mes muscles de jambes. Il faut que je me dépêche, que je me remette sur pieds. J'ai mal. Je m'accroche pourtant à l'idée que je pourrais marcher. Je m'agrippe au mur, dérape, retombe lamentablement. Malgré que la chaise vide bascule, je m'y accroche. L'un après l'autre, mes talons mous s'ancrent au sol dur. Je sens nettement la faiblesse dans mes jambes, mais je tiens bon. Elles flageolent, claquètent parfois en se touchant. Petit à petit, je redresse le dos. Mes vertèbres se sont renforcées depuis la dernière fois. N'ayant pas l'habitude de me tenir droite, j'ai soudainement le vertige. On dirait que je risque de tomber dans le fond d'un trou intersidéral. J'ai peur de m'y enfoncer, de disparaitre. Etre debout est déjà une victoire en soi. Ce n'est néanmoins pas assez. Je relâche mon appui, pose la jambe droite, puis lève trop haut la gauche. J'en ai clairement entendu un déboitement au niveau des hanches. Quand tout le monde le fait naturellement sans penser, moi je dois m'y appliquer mécaniquement selon ma volonté. La lenteur me procure une souffrance plus étendue dans tout le bassin. C'est à couper le souffle. La fatalité me frappe de son poing. Là c'est évident ; je ne suis pas faite pour marcher, encore moins danser. Je suis condamnée à raser le sol comme une vermine. Je gémirais si je pouvais. A la place, je dois me contenter de garder toutes ces sensations désagréables à l'intérieur. D'habitude, il n'y a pas grand-chose à retenir. Maintenant, oui. L'intensité est difficile, pénible d'autant plus qu'elle ne peut s'extérioriser. Je ressens le besoin d'effectuer de rapides foulées. Donc, j'accélère le mouvement comme si je m'échappais. Devant la porte close de ma chambre, je trébuche. J'ai réussi à emmêler mes propres pieds. Je les observe, agite les orteils. Deux, c'est déjà trop pour moi. J'admirerai dorénavant les araignées et leurs nombreuses pattes. L'odeur de chocolat s'est intensifiée. En allongeant mon bras, j'atteins la poignée. J'imite maman qui l'a tant de fois tourné. La porte s'ouvrant, je m'abats encore au sol. J'ai, cette fois-ci, atterri dans l'assiette de cookies. Aux échecs de chaque chute, je ne m'y habituerai décidément jamais.

Une lueur me sollicite immédiatement. Je découvre le petit couloir agrémenté de la fenêtre à laquelle j'ai toujours voulu jeter un œil. En m'emmenant à sa chambre à coucher, maman emprunte ce chemin. Elle y a toujours tiré les rideaux. J'ignore pourquoi exactement. Là, ils pendent sur le côté. J'y rampe tel un serpent. Aidée par le rebord, je me soulève. Cette fois-ci, on dirait que j'ai davantage intégré le concept pour rester debout. D'ici, je distingue un nouveau paysage. Il y a de la forêt à perte de vue, des champs et au beau milieu une église entourée de pierres tombales. Ainsi, de ce couloir, j'ai une vision claire sur le cimetière. Maman veut sûrement me cacher ce lugubre endroit où elle et Ryan s'y rendent si souvent. Toute cette verdure me donne envie de courir, de m'y rouler dedans. J'ai pu constater qu'à

Le témoin de porcelaine

l'endroit où Susanne a été enterrée, des fleurs y ont poussé. Dans ces pâturages fleuris, y a-t-il également des cadavres ? En me souvenant encore de la façon dont maman procède pour la porte, je tire la poignée de fenêtre, me pend après pour mettre le nez dehors. J'y hume un renouveau d'air. Aucune de ces nombreuses odeurs ne me rappelle quoique ce soit. J'interprète donc ça comme le parfum diversifié de la nature. En le respirant à outrance, je me sens soudainement plus libre. C'est incroyable ce sentiment. Je voudrais rester là tout le temps. Et j'y reste un peu, jusqu'à ce que mes bras n'en peuvent plus de soutenir mon poids. Mes jambes frêles prennent le relais quelques secondes avant que je ne rencontre le plancher si familier. En levant la tête, je remarque le sceau rempli d'eau de pluie et un escalier donnant vers le rez-de-chaussée. Je pourrais si jamais m'y jeter, rouler en bas peut-être. Mais je n'ai pas l'intention de m'enfuir, de laisser maman. Je reconnais à l'étage la porte de sa chambre, celle de la salle de bain. En revanche, il y en a une qui m'est inconnue. A quatre pattes, je la rejoins. J'ouvre avec difficulté, la fatigue m'ayant certainement gagné. J'y pénètre pour la première fois, ne sachant ce qui pourrait vraiment s'y trouver.

Le témoin de porcelaine

J'aurais pu croire que maman m'avait préparé un cadeau. Mais la pièce ne m'est pas destinée, c'est évident. Elle est en complète discorde avec le reste de la maison très ordrée. Maman met un point d'honneur au rangement pourtant. Je m'étonne qu'elle ne se soit pas activée ici aussi. C'est presque une manie chez-elle ; chaque chose à sa place, même moi. S'apparentant un peu à celle de Ryan, la pièce est tapissée de posters de gens dont j'ignore tout. On n'y voit pratiquement plus les murs. Une petite télévision repose sur une commode aux portes vitrées. Au travers, on distingue une console et ses jeux. Un ordinateur portable orné de divers autocollants et des écouteurs gisent sur le lit défait. On dirait que tout a été volontairement laissé à l'abandon. Un bureau en désordre supporte des cahiers, des feuilles de papier et une station radio. Il y a une étagère de livres et de CDs. Une armoire, à laquelle sont suspendues une jaquette et une jupe, se retrouve couverte d'un grand drap. Je devine qu'il cache un grand miroir. Une petite extrémité se dévoile dans un coin. L'accoutrement soigné me fait penser sans raison au vêtement du père de Ryan. J'ai un étrange sentiment de malaise. Je l'associe volontiers à mes efforts journaliers. Etendant

Le témoin de porcelaine

ma vision au raz-du-sol, je repère facilement trois caisses sous le lit. J'attire une première à moi en déplaçant un amas de moutons de poussière. J'en perds l'équilibre et faillis en plonger la tête dedans. Des livres y sont entassés. Je ne peux les lire. Ils portent néanmoins tous un logo identique à celui de la jaquette pendue à l'armoire. Je tire le deuxième carton, regarde dedans. C'est la surprise totale. Emerveillée, j'en saisis le tutu, suivi des ballerines à ruban rose. J'ai l'impression d'avoir ouvert un cadeau à ma seule intention, que ce carton n'attendait que moi pour être révélé au grand jour. Ce sont les affaires d'une danseuse apparemment. Je n'en crois pas mes yeux. J'en profite pour toucher les tissus. Je m'imprègne de l'odeur et l'associe à un mélange de lessive et de sueur. Maman aurait-elle pris des cours dans sa jeunesse ? Je l'aimerais bien, car ceci me rapprocherait un peu plus d'elle et de mon rêve. J'applique les chaussons à la plante de mes pieds. Déception, ils sont bien trop petits pour que je les enfile. Je m'attaque, enthousiaste, au troisième carton. Que me réservera ce nouveau trésor ? Il ne peut cependant y avoir mieux. Plusieurs albums y sont entassés, ainsi que des clichés balancés aléatoirement au fond. J'ouvre le bouquin au-dessus de la pile. Il retrace en

Le témoin de porcelaine

photo la vie d'une fille, de l'enfance à l'adolescence. Curieusement, le passage à l'âge adulte a été omis. Il reste des pages blanches à la fin. Sa tête arrondie, ses grands yeux, son petit nez, sa chevelure épaisse et son air hautain, désinvolte tout en étant avenant ne me disent absolument rien. Ses traits de visage harmonieux, jusqu'à ses joues à pommettes, s'apparentent beaucoup à celle de la ballerine séparée prématurément de sa boite à musique. Elle est belle, joyeuse, entourée d'amis et elle danse dans une salle pleine de miroir. Ces raisons suffisent pour que je l'envie, que je veuille être à sa place sans savoir de qui il s'agit exactement. En plus, sur certains clichés, maman y figure également. Elles se tiennent, semblent s'aimer véritablement. Comment la connait-elle ? Pourquoi ne m'en a-t-elle jamais parlé ? A-t-elle dû aussi s'en séparer ? Se tient-elle dans le jardin, aux côtés de Susanne ? Sur une des images, maman se tient bien droite devant un groupe de gosses vêtus similairement. Dans le groupe se trouve la fille étant enfant. Je ne comprends pas pour l'instant la signification de tout ça. Il n'y a peut-être pas d'explication. Mais qui est-elle ? Que représente-t-elle de si important ? Je ne la reconnais pas. Maman semble me dissimuler son existence. Pourquoi

Le témoin de porcelaine

garder un tel secret ? Est-ce encore une amie disparue ? Aurait-elle eu ou a-t-elle encore une autre enfant ? Aurais-je une sœur ou est-ce en fait la sienne ? Se pourrait-il que cette chambre de la maison appartienne à cette fille ? Alors, où se trouve-t-elle en ce moment ? Il est évident qu'elle n'y demeure plus depuis longtemps. Nous ne sommes pas tellement proches finalement, maman et moi. Je le conçois avec clairvoyance et regret. Elle ne m'aime peut-être pas autant qu'elle le prétend, pas autant que cette fille. Je ne suis pas unique. Ce n'est pas qu'elle et moi contre eux. Quelqu'un d'autre compte pour elle, quelqu'un qu'elle a trouvé bon de me cacher. Lui aurait-elle lu et raconté les mêmes histoires ? J'ai bien senti son éloignement de jour en jour. C'est probablement pour se rapprocher de cette étrangère si chère à son cœur. Ne suis-je plus sa favorite désormais ? Ce lieu lui sert de débarras, on dirait. Mais elle veut se débarrasser de quoi au juste ? Et de qui d'abord ?
Découragée, je me rends difficilement à la fenêtre du couloir, histoire de croire pouvoir prendre l'air. J'ai passé beaucoup de temps à me promener, car il commence à faire sombre, frisquet à l'extérieur. Seuls l'église et le cimetière sont éclairés. Le bâtiment est très

Le témoin de porcelaine

joliment illuminé d'ailleurs. Il doit être d'autant plus splendide au milieu d'une nuit noire. La forêt ne parait plus que l'ombre d'elle-même. Dans ce tableau, l'humanité se montre lumineuse face aux ténèbres. Tout à coup, une silhouette remue au travers des pierres tombales et des statues. Ça donne de la vie auprès des morts. Le spectre flotte vers une direction précise. Il s'arrête à côté d'un ange, devant l'une des tombes, s'agenouille, enlève sa capuche. Ma vision s'affute quand je me fixe sur un objectif. Je m'y fixe. Ce n'est pas un défunt, mais Ryan. J'aurais voulu crier son nom, lui faire signe. Ma joie s'est vite estompée face à sa déroute, sa perdition du soir au milieu de ses grandes pierres froides. A cet endroit, il est tout petit, le seul en vie et il semble le regretter amèrement. Je ne peux rester de marbre. Le vent se met à souffler. Des frissons me parcourent. Je vois Ryan remettre son capuchon, remonter la fermeture de sa veste. Le froid ne le fait pas battre en retraite. Il s'est certainement posé où son père a été enterré. J'imagine qu'il est atrocement triste pour agir ainsi et lutter chaque nuit contre les intempéries. Puis, je repense à ma situation. Et je me dis que personne ne viendra pleurer sur ma tombe à moi. J'ai envie de sangloter, de mourir pour

Le témoin de porcelaine

connaitre la vérité. Personne ne me regrettera, puisque maman a désormais cette autre fille dans sa vie.

- C'est curieux, j'étais certaine d'avoir fermé toutes les fenêtres avant de partir.
Elle n'a pas oublié. C'est moi qui l'ai ouverte et qui, trop troublée par mes découvertes, n'ai pas eu la décence de la refermer.
- Les cookies que je t'ai préparé ont été réduits en miette devant ta porte. Il doit y avoir des souris. Je mettrai des trappes demain pour éviter qu'elles ne viennent dans ta chambre.
L'indiscrétion grossière de mon passage m'a laissé sans voix. Le silence a toujours été ma seule défense. A la lueur de la bougie, ses cheveux brillent. De si près et à l'éclairage du lampadaire, sa chevelure raidie parait plus rousse. Elle se détourne, éteint la flamme entre ses doigts. La nuit nous enveloppe sereinement. Elle s'endort rapidement. Ses conversations sont devenues de plus en plus décousues. Elle saute facilement d'un sujet à l'autre. J'ai parfois du mal à la suivre. Que me cache-t-elle d'autre encore ? Elle nous dupe tous si bien. Elle est quelque chose pour quelqu'un et elle ne me le dit pas. Jamais elle n'a laissé un mot pouvant la trahir. Elle est finalement douée pour mentir.

Le témoin de porcelaine

J'ai l'impression de ne plus la connaitre. Pourtant, je tiens toujours autant à elle. C'est fou, mais je ne lui en veux pas. A nouveau, elle est prise d'une secousse, sûrement éprise d'un de ses cauchemars persistants. Un curieux élément me trouble subitement. Durant ce sursaut, ses cheveux se sont tous décollés aux racines. Ils se sont mal replacés sur son crâne. Leur différence est flagrante maintenant. Ils sont faux. Ce ne sont pas les siens depuis peu. J'ai vu à l'œil la différence de texture. N'a-t-elle pas été satisfaite d'une nouvelle coupe du coiffeur ? Je remets la perruque correctement. Vraie ou fausse, ça ne change rien. Elle me ment pour une bonne raison, je le sais. C'est pour me protéger, ça l'a toujours été. J'applique mon front contre le sien déjà moite et bouillant. De la sorte, je la maintiens en paix. La chaleur de son corps ainsi que sa proximité me réchauffe le cœur malgré tout. On est attaché l'une à l'autre, peu importe les secrets que chacun a. Je m'en sens plus proche que jamais. Je distingue parfaitement sa respiration et ses pulsations cardiaques au rythme des minutes. Il n'y a rien d'autre. Je n'entends pas les miennes. Je ne les ai jamais sentis non plus, à vrai dire. N'aurais-je pas de cœur ? Mais moi, je l'aime.

Le témoin de porcelaine

Chapitre huit
Lève-toi et marche

La journée m'a ennuyé. Les habitants ont agi normalement. Les volets d'en face sont toujours fermés. On m'interdit de passer de l'autre côté. Je n'apprécie plus les instants quand il n'est pas là. Même ceux avec maman ne sont plus pareils. Elle m'a raconté les péripéties des voisins des alentours. Une histoire de saccage de boites aux lettres est souvent revenue à sa bouche. Elle parle régulièrement seule à l'étage du dessous, je l'entends de ma chambre. Peut-être qu'il y a cette fille venue de nulle part qui l'écoute quelque part. Il me tarde d'être la nuit pour explorer davantage la maison. Paradoxalement, l'obscurité semble maintenant éclairer mon quotidien. La porte est fermée. Je suis seule, tranquille pour un moment. Il est temps. Je me glisse en bas la chaise. L'intérieur de mon corps craque, se dérouille. Sans attention particulière, je suis tombée sur mes pieds. Je me tiens debout en ayant toujours cette sensation de vertige. Avec de l'entrainement, ça deviendrait presque naturel. Je sens néanmoins nettement

Le témoin de porcelaine

l'impuissance dans mes membres inférieurs. Il en faudrait peu, un cheveu, pour que tout s'écroule. Je plie le genou droit, lève la jambe démesurément en avant. J'effectue la même mascarade exagérée pour le côté gauche. J'ai mal. J'ai la nausée, mais ça ne me retient pas. Ne contrôlant le tout qu'à moitié, je titube. Je ne trouve pas l'équilibre nécessaire pour avancer décemment. L'homme qui a marché sur la lune devait de loin me ressembler. Y a-t-il un problème de gravité dans la pièce ? Je dois à nouveau accélérer le mouvement pour ne pas tomber. J'atteins la porte close, m'accroche à la poignée comme à une bouée de sauvetage au milieu de l'océan. Je remarque alors que, debout, je ne suis plus aussi petite que ça. Parce que mon ventre est à la hauteur de la poignée de porte. Respirant à fond, je reconsidère fièrement le chemin parcours. C'est une victoire de plus. Je sens, tout à coup, sous mes pieds le sol trembler. Des foulées se dirigent vers la chambre. Maman est sur le point de débarquer. Il faut que je me dépêche. Malgré la précipitation, la pression, je me concentre pour ne pas craquer. Sans réfléchir, j'avance. J'ai enfin marché. Je marche tout en croyant que mes jambes allaient se déboiter en chemin. Je me suis retrouvée affalée sur la chaise à bascule, exténuée par cet effort trop humain.

La ruelle s'est vidée dès que le soleil s'est mis à sombrer. Je sais, maman viendra inévitablement me chercher. Mes bras frétillent déjà. Soudain, Ryan sort de sa demeure à la lueur du lampadaire. En le détaillant mieux, ma vision s'affutant, je remarque son œil au beurre noir, sa lèvre gonflée et son front paré d'une cicatrice. J'en veux vraiment aux êtres inhumains qui lui ont fait ça. Ryan surveille autour de lui. L'incident n'a pas laissé que des traces physiques. Voyant qu'il n'y a pas âme qui vive, il se plante au beau milieu de la route. Son comportement est curieux. Il part à la dérive, je le constate malheureusement. A l'intérieur, il est brisé depuis la disparition de son père. Et ce qu'il va faire m'inquiète grandement. Comme si le béton est comparable au matelas d'un bon lit, il s'allonge dessus. Couché ainsi au beau milieu de la route, il doit sans doute connaitre l'absence de trafic routier durant cette tranche horaire… ou pas. Bras croisés sur son ventre, il scrute en haut où les étoiles commencent à se dévoiler. Attend-il que le ciel lui tombe sur la tête ? Qu'espère-t-il ? Que pense-t-il ? Que ressent-il ? Pour moi, il demeure un mystère. Le bas de mon corps frémit, a hâte d'expérimenter

Le témoin de porcelaine

l'acte de la marche. Ma jambe droite se plie sous la chaise, puis s'étend devant moi. L'autre pied imite cette action et ainsi de suite. J'ai l'impression de marcher dans les airs tout naturellement. Je m'impatiente physiquement. La porte s'ouvre. Je m'immobilise. C'est maman.

J'attends qu'elle s'endorme à mes côtés. Ces derniers temps, ça ne dure pas très longtemps. Elle est de plus en plus fatiguée, en mauvaise santé. Se sentant persécutée par tout et rien, elle a tenté de me rassurer :
- Soit tranquille, Eden, je vais bien. Je me sens bien. J'ai juste besoin d'un peu de repos ces temps-ci. Ce n'est rien, ma poupée. Quoiqu'il se passe, je suis là pour toi, sois en certaine.
Je ne comprends pas ce qui leur arrive à tous. Il y a une vague de calamité sur le comportement, le moral et le physique des gens. J'en suis exclue, bien entendu. Avec la force de mon esprit et bien entendu de mon dos, je me redresse sur le matelas. Je vérifie à nouveau, maman dort bien à point fermé. Je me glisse hors du lit. On aurait presque dit que j'ai marché toute ma vie. Ça fait plaisir. Debout, je foule le plancher de mes pas maladroits, parfois trop écartés, parfois trop serrés. J'évite, bon-gré malgré, de ne pas faire trop de bruits. Je me dirige vers la commode,

saisis le collier de perle. J'en aie rêvé de ce moment. Je suis heureuse d'enfin le tenir entre mes mains. Je l'apprécie particulièrement tout comme maman. Pour moi, il symbolise la femme dans toute sa splendeur. Chaque perle a son infime différence, sa propre origine même si leur apparence globale ne le démontre pas clairement. C'est sûrement agréable de le porter à son cou. Je ne peux le mettre, l'essayer. Il n'y a pas de miroir ici. Je sors tout en chancelant, car je sais où il y en a un. J'entre dans la chambre mystérieuse de cette fille curieusement liée à maman. Si elle était venue lui rendre visite, je l'aurais vu arriver depuis ma fenêtre. Hors, il n'en est rien. Elle possède pourtant une pièce entière de la maison. Depuis quand ? Pourquoi ce privilège à une étrangère ? Parce qu'elle ne l'est peut-être pas. L'endroit est, heureusement, éclairé par un des lampadaires au-dehors. D'un coup sec, je tire le drap couvrant l'armoire. De la poussière en jaillit. J'en perds mon équilibre fragile, me retrouve plaquée contre la glace froide. Un craquement s'est fait entendre. Je suis tombée nez à nez sur mon propre reflet. De si près, je ne vois pas grand-chose. Je m'écarte, me vois pour la première fois à la lueur d'un vieil éclairage de rue. Je me tâte à la découverte de mon apparence au travers du grand miroir de

Le témoin de porcelaine

cette armoire. Ma ressemblance avec cette fille sur les photographies des albums m'a, tout de suite, sauté aux yeux. Mes grandes prunelles, ma tête ronde et mes pommettes sont identiques. Je dois l'avouer. J'ai même cru voir la robe que je porte, fine en haut et évasée à la taille, ainsi que les chaussettes hautes à dentelles sur elle à un moment donné sur les photos de l'album. Et ma coiffure aussi, je l'ai constaté sur elle. Mais ce n'est pas moi. Elle n'est pas moi, sinon je le saurais. Tous ces clichés ne m'ont rien rappelé. Sa vie n'est pas la mienne. Je n'aurais pas pu oublier tout ça. J'aurais préféré qu'on me bande les yeux, qu'on me rende aveugle que de m'apercevoir que je ne suis plus unique. Je dresse un bras, confirmant que c'est bien moi. Mon reflet a suivi. J'ai, toutefois, la terrible impression de ne pas avoir ma propre identité. Ça en est quelque peu décevant. Je regrette et comprends une parcelle de ce pourquoi maman a camouflé tous les miroirs. Elle doit savoir quelque chose. Ce n'est pas sans raison qu'elle me coiffe toujours de la même façon qu'elle. Je recule encore, une vue d'ensemble pouvant peut-être miraculeusement tout arranger. Un de mes pieds glisse sur quelque chose. L'attraction m'attire inévitablement au plancher. Ma tête va se cogner contre le bord du lit. Je ne perds cependant pas connaissance durant une seconde. J'ai vécu mon effondrement du début à la fin. Ça a été plutôt effrayant. Aucune douleur ne m'a assailli non plus. Je suis certainement plus forte que ce que je croyais. Je m'assis face au miroir, me frotte les yeux, souhaitant avoir finalement rêvé. Non, rien n'a changé. Soudain, je constate maintenant avec émoie une grande différence entre elle et moi. Ma joue a été légèrement coupée durant la chute. Mais il n'y a pas de sang. Ce n'est sûrement pas assez profond. Ma peau est toujours aussi blanche, sans rougeur autour de la blessure. Je la frôle, la dessine de l'index. C'est froid, doux. Je frissonne, mais ne ressens rien d'autre. Une fine poudre blanche s'est répandue sur mon doigt. Ça doit être de la poussière de sous le lit que j'ai obtenu durant ma déchéance. Je baisse la tête, trouve le collier de maman. J'ai dû le lâcher et il m'a fait tomber. Une des perles s'est brisée. Elle n'est plus ronde comme les autres. On dirait un croissant de lune à côté de plusieurs soleils. Maintenant, elle sait ce que je vis. Elle est à mon effigie. Précieusement, je serre le collier entre mon poing. Je suis clairement quelqu'un d'à part, et non une imitation des autres.

Le témoin de porcelaine

Me tenant face à la fenêtre du couloir, je me sens plus grande. Je ne le suis, évidemment, pas plus ou moins qu'avant. C'est étrange le pouvoir de l'esprit. D'ici, les bois ne paraissent que ténèbres. On pourrait s'y perdre aisément. L'église se distingue nettement à chaque fois comme l'endroit le plus accueillant. Il n'y a personne dans le cimetière à demi-éclairé. J'espère que Ryan n'est pas resté au milieu de la route. Je me sens normale, tout simplement une personne de ce monde qui regarde par la fenêtre. Ce n'est pas la place que la vie m'a offerte, je le conçois. Mais il est bon de m'illusionner durant cet infime instant. Dans le couloir, les escaliers m'appellent en un grincement boisé. Ils s'associeraient sûrement facilement à la pente de la plus haute montagne. Maman les descend fréquemment. Serait-ce trop demander de l'imiter ? Il me semble que non. Alors je m'avance. Instable sur mes jambes novices, j'oublie les risques. Mais je veux espérer. S'ils y arrivent tous, pourquoi pas moi ? Après tout, il y a peu, je ne bougeais même pas un doigt. J'évite le bidon d'eau comme je peux. Puis, je pose la pointe du pied sur la première marche tout en attrapant fermement la rampe branlante. Il y a eu à nouveau un grincement.

Le témoin de porcelaine

J'ignore s'il s'agit cette fois-ci de la vieille marche d'escalier ou de mes articulations. Je tente de m'arrêter pour écouter si maman s'est réveillée. En voyant la hauteur, mon corps s'incline subitement, attirée par le bas de l'étage. Je finis par m'effondrer sur les escaliers, me retenant in extremis par le dynamisme de mes bras pour ne pas rouler. Je me retrouve allongée sur le dos. Je conçois subitement qu'il était idiot de croire que je pouvais y arriver. C'est une certitude, je ne suis pas faite pour ça. Pourquoi alors m'a-t-on donné la faculté d'imaginer autre chose ? Il me vient une idée. Je la mets en pratique, ayant gardée mon objectif : voir tout ce qu'il y a au rez-de-chaussée.

En poussant sur mes bras, je glisse assise sur les marches. Ça prend du temps, mais je descends. J'y arrive gentiment, à ma manière. Je vois directement la petite cuisine toujours ordrée, éclairée faiblement par l'extérieur. Je la connais bien. Je m'y retrouve maintenant de moins en moins souvent, puisque maman a visiblement décidé de ne plus manger régulièrement. Il n'y a rien d'intéressant au milieu de ses tiroirs, ses casseroles suspendues au-dessus de la table. J'ai déjà tout vu. J'avance plus loin, vers un lieu où il fait plus sombre. Cet endroit m'est inconnu. J'ai l'impression d'être une exploratrice novice dans

Le témoin de porcelaine

une jungle inexplorée, dangereuse et sauvage. L'ombre d'un grand lustre est collée au plafond. Curieuse, j'en allume la lumière. Au-dessus de la cheminée, un grand portrait de la fille qui me ressemble domine le lieu. Elle parait m'observer, me narguer. Je ne l'aime pas. Elle est l'exemple type de tout ce que je devrais être. Aucune babiole ne décore ce salon plutôt neutre, meublé d'un fauteuil, d'une table basse et d'une étagère de livres. Il est pauvre comparé à celui des Collins. Je ne cache pas ma déception face à cette pièce sans histoire. A gauche se distingue un étroit couloir noir menant droit sur l'extérieur. Ni une ni deux, je traverse le salon, me lance à l'aveugle dans le corridor, fixée sur la porte de sortie. Des parapluies, des souliers et des manteaux en encombrent les côtés. Bras écartés, je m'y accroche pour avancer plus facilement. Je fais inévitablement tomber quelques vestes au passage. Ne m'y attardant pas, je me jette littéralement sur la poignée plus imposante que les autres. Ryan, je ne pense qu'à lui. S'il est encore sur la route, je le rejoindrai. J'ai beau appuyer, tirer, pousser, rien ne se passe. La porte est, bien entendu, fermée à clef. Je pourrais en pleurer. J'aurais aimé connaitre en réalité ce que je me suis contentée de voir de ma fenêtre si longtemps passivement. Et puis, j'aurais peut-être croisé Ryan. Je retourne avec la difficulté de me prendre les pieds dans les vêtements tombés. Ça m'a sûrement donné un peu l'air de danser. En balayant le salon du regard, j'aperçois une autre deuxième porte sur la gauche. Je m'y attaque sur le champ. Elle est ouverte cette fois-ci et mène directement à un noir profond. Heureusement, je me suis retenue à temps par l'encadrement. Je me baisse lentement, pose un pied dans ce que je vois être le néant. Je sens des marches. Il y a donc encore un étage plus bas. Serait-ce l'enfer ? Non, je n'en ressens pas la chaleur. Un vent glacial parait même venir de là. Je me redresse, cherche sur les côtés l'interrupteur qui me donnera une perspective claire de la situation. En appuyant dessus, je découvre tout de suite un escalier aux petites marches boisée dont certaines trouées. Au fond, j'y vois juste un sol terreux. C'est dangereux. Je m'y aventure tout de même, n'étant pas arrivée jusque-là pour abandonner mon exploration. Et puis, j'ai toute la nuit devant moi.

Après ce qui m'a paru des heures, je touche la terre. Ça a été périlleux de descendre sans encombre et je me demande déjà comment je vais bien pouvoir remonter. Mais on ne peut désormais être plus bas. Encore une fois, je suis

Le témoin de porcelaine

déçue. Je reste plantée au pied de la dernière marche. En face de moi, une maigre fenêtre rectangulaire est grillagée de l'extérieur. A quoi sert-elle puisque la lumière ne peut y pénétrer ? Dans un bord, une vieille table est posée contre le mur de planche construisant cet étage. Une plaque de bois est fixé au-dessus où des outils sont crochés. Des traces au crayon entourent chaque outil. Même eux ont leur place. Je repère à la lueur de l'unique ampoule au milieu de la pièce qu'il y en a un qui manque. Je m'en approche pour en distinguer la forme exacte. A peine ai-je effectué deux foulées que je trébuche. J'ai la haine envers moi-même. Pourquoi je tombe encore ? J'arrive pourtant à marcher maintenant. Ma culpabilité a été coupée nette par une scie. Dans mes pieds, elle est la seule fautive. A genou dans une terre molle et froide, je me penche pour l'attraper. Ma main en appui s'enfonce, tâte quelque chose d'enterré. Utilisant le manche de l'outil, je me mets à creuser autour de ce qui sort de terre. C'est un sac plastique. Qu'est-ce qu'il fait là ? Il est bien ficelé. Fière de mon idée, j'utilise la scie pour l'éventrer. J'aurais certainement pu faire une bonne bricoleuse. J'écarte les deux bouts de plastique à la lueur de l'ampoule qui se met à grésiller. Avec stupeur et dégoût, j'y entrevois ce

Le témoin de porcelaine

qui s'apparente le plus à un pied humain en train de se décomposer. D'après la taille et la pilosité restante, il s'agirait de celui d'un homme. Je comprends sans peine où maman a caché le corps du frère de Susanne. Il a été là depuis tout ce temps, en morceaux au-dessous du plancher. Contrairement à ce que j'aurais pu croire, je n'ai pas fui, ni vomi. Je garde mon sang froid tout en regardant une partie morte de lui. J'ai plutôt pitié pour ce pauvre homme qui, lui, ne pourra plus marcher.

Le témoin de porcelaine

Chapitre neuf
Pas de fumée sans feu

D'un grattement d'allumette, la mèche de la bougie blanche consommée à plus de la moitié s'enflamme. C'est l'heure d'une histoire. Comparable à un rituel récemment lassant, maman s'empare du bouquin, dépose de petites lunettes rondes sur le bout de son nez. Je m'installe confortablement, m'enfile davantage sous la couette sans éveiller de soupçons. Elle ignore tout de ma capacité à me mouvoir et donc de mes escapades nocturnes. Je n'aime pas lui cacher des choses. Mais je n'ai pas le choix si je veux pouvoir continuer à pratiquer. Et puis, elle aussi garde bien ses secrets. Fatiguée du remue-ménage de la journée particulièrement agitée, elle observe la page sous ses yeux qui se plissent. On dirait qu'elle n'arrive pas à lire ; on dirait moi. Est-ce une faculté qui se perd tel un objet pouvant s'égarer ? Ses lèvres ternies, crevassées se délient. Elle se frotte les paupières, finit par secouer la tête d'un air désolé. Sans autre explication, elle referme le livre, s'en sépare. Je comprends immédiatement et elle le sait évidemment. Il lui est difficile de s'exprimer là-dessus, sur ses faiblesses de plus en plus présentes. Elle s'apparenterait à une fleur en train de faner. J'entends un tintement, cassant cette sérénité retrouvée pour le bonheur de mes oreilles. Elle tient les clefs d'entrée entre ses mains. Elle les cache soigneusement sous son oreiller, pensant être de cette manière en sécurité. Visiblement, elle est toujours traumatisée par ce qu'elle croit s'être passée au rez-de-chaussée. Elle m'a tellement parlé de délinquance sur les boites aux lettres dans le quartier qu'elle a fini par s'inventer la visite d'un rôdeur dans notre demeure. Sans preuve, elle a accusé ouvertement Ryan de ces dégradations. Mais j'en suis la seule coupable. Durant mon passage de nuit, j'ai en effet quelque peu omis certains détails. Des détails qui ne lui ont, bien sûr, pas échappé. Elle en a même rajouté, se complaisant dans cette paranoïa collective des habitants du coin. Elle a pensé qu'un cambrioleur a seulement volé son collier de perle et mis le bazar dans le couloir à l'entrée. J'ignore ce qu'elle a fait en bas suite à ça. Mais toute la journée, elle a tapé contre les murs, fait grincer les sols. Le déclencheur a, sans doute, été ma blessure à la joue. Maman a encore supposé que le malfrat s'est attaqué à moi. Tout

Le témoin de porcelaine

de suite, elle est allée chercher un bâtonnet au bout blanc, certainement dans la pharmacie. Dans tous ses états, elle m'en a tamponné la joue, m'a cicatrisé, s'est reculée pour vérifier son œuvre en déclarant :
- Voilà, tu es comme neuve !
Dommage que, pour les autres, ce ne soit pas aussi simple d'effacer les blessures. Maman a certainement dû souffrir avant mon arrivée dans cette maison. Je le vois de cette manière. C'est la raison pour laquelle elle me surprotège. Entre mon poing, je ressers un peu plus le collier à la perle abîmée. En fin de compte, à notre façon, nous sommes tous fragiles. Maman connait trop le monde actuel, m'en privant pour notre bien à toutes les deux. Parce que j'ai au moins autant besoin d'elle qu'elle de moi. Enfin, est-ce réellement un besoin ou juste une volonté de notre part ? En tout cas, d'un commun accord, on restera toujours l'une pour l'autre… jusqu'à ce qu'elle ne veuille plus de moi.

Avant d'étouffer la flamme entre ses deux doigts, elle va vérifier une dernière fois à la fenêtre si aucun individu louche ne trainaille dans le coin. Dehors, le lampadaire clignote. Il me rappelle l'ampoule de la cave où gît des morceaux de corps sans vie. J'ai envie d'y redescendre encore,

Le témoin de porcelaine

de me dépasser, de tenter de nouvelles techniques pour parvenir à mes fins. Tout d'abord, il me faut la clef. Sortir m'obsède désormais. J'ai failli y mettre les pieds hier. C'est un but que je n'ai jamais vraiment voulu atteindre avant. Je n'avais même pas d'objectif d'ailleurs. C'est agréable, je l'avoue, d'avoir une raison de se lever, d'exister. Maman me tient les mains, jointes aux siennes. Je prends tout mon temps. Je ne me vois nulle part ailleurs qu'ici auprès d'elle. L'habitude de ma léthargie me rassure, m'a conditionné. Je finis par me décider à agir. Délicatement, je les délie, éprise d'un espèce de sentiment d'abandon. Mais je sais que ce qui se passe est dans l'ordre des choses. Elle dort toujours à point fermé. Je glisse la main sous l'oreiller à la recherche de ma liberté. Sans attendre, je roule en bas du lit, marche à quatre pattes pour éviter de faire des bruits de pas. Dans le couloir, je me redresse, aidée par le rebord de la fenêtre. Je jette un œil au cimetière empli d'âmes et non de vies. Il parait que j'y n'irai pas. Suis-je immortelle ? Quelle gloire en retirer si maman ne l'est pas ? Rester sans elle me parait complétement inutile et dérisoire.

Au rez-de-chaussée, tout a été chamboulé. Est-ce à l'image de son esprit tourmenté ? A la cuisine, des planches ont été clouées à la

Le témoin de porcelaine

fenêtre. La table y a disparu. Il ne reste plus que les chaises. Une atmosphère d'apocalypse y règne. Ça annonce comme un mauvais présage, une fin imminente. Je ne m'attarde pas, poursuis en oscillant sur ma route parsemée d'embûche dont je suis l'unique créatrice. Le canapé a été poussé contre l'étagère qui bouche maintenant la fenêtre du salon. On dirait qu'un cyclone se prépare à ravager le quartier. C'est assez effrayant. Il ne peut rien arriver de bon dans ces conditions. Une petite parcelle de vitre est néanmoins encore visible entre chaque étage de l'armoire. Et je crois y apercevoir un effet étrange malgré l'éclairage succinct dans une nuit complétement noire. Curieuse, je m'approche, me collant contre le meuble. Effectivement, l'extérieur parait très brumeux. Non, ce n'est pas du brouillard. C'est de la fumée venant de la maison des Collins. Serait-elle en train de brûler ? Sans hésiter, j'accélère comme je peux jusqu'au couloir d'entrée. Malheureusement, la table de la cuisine est plaquée contre la porte. Mon sang ne fait qu'un tour. Je dois absolument passer, même si j'ignore ce que j'allais faire une fois dehors, question de survie. Je n'ai pas eu à réfléchir longtemps. Habituée à fouler le sol, je passe sous la table pour atteindre la serrure. J'ouvre.

Le témoin de porcelaine

L'air me prend au dépourvu. J'hésite à sauter le pas qui me sépare des autres. Je ne sais plus pourquoi je veux connaitre ça, ni ce que j'aimerais y voir et y faire finalement. Ça me fait trop peur. Ryan… sa vie m'oblige à avancer dans la mienne. Et puis, avec cette brume épaisse, c'est le moment rêvé pour passer inaperçu semblable à un démon lors des fêtes d'halloween. C'est l'instant idéal pour faire entrer le monstre dans la danse.

On dirait qu'un géant fume et souffle en permanence sur le quartier. Je me redresse face au vent qui me brutalise tel un avant-goût de ce qui m'attend. Une odeur curieuse flotte. Elle me chatouille le nez, me dérangerait presque. C'est peut-être parce que je n'ai pas l'habitude du grand air. Je n'y vois pas grand-chose comme si mes yeux ont faibli, sont moins perçants qu'avant. Ma vue est normalement un atout, un indispensable outil pour m'aider à dévisager et envisager ce qui m'entoure. Là, le monde cache une part de lui-même. Ça me fait penser à maman. Je n'aime pas ça. Je sais qu'elle ne me dit pas tout. Moi j'ai trouvé un ami et je me tais. Quand est-ce qu'on a commencé à s'éloigner, à ne pas tout se dire ? Avons-nous réellement été proches ? Peut-être que ça a toujours été comme ça. Je me suis faite des illusions. Peut-être que nous faisions semblant comme tous ceux ici, dehors. A force de me préserver, elle m'écarte de sa propre vie. C'est sûrement pour ça que Susanne et elles sont devenues proche si vite. Visiblement, on a tous besoin d'une attache, sans doute pour se dire qu'on fait partie de ce tout. J'ai également des liens à mes poignets. Ils me retiennent de ne pas en finir par tous les moyens. Serais-je comme tout le monde en fin de compte ? Je ne peux y croire, juste l'espérer. Je marche lentement, sans savoir où exactement. Je me baisse, tâtonne le sol mou. D'après la texture, c'est de l'herbe. Pour la première fois, je me retrouve en chaussette dans le jardin. J'aurais cru aimer ou détester. Ça ne me fait ni chaud ni froid. Suis-je morte à l'intérieur tout comme Susanne juste sous mes pieds ? Soudain, je réalise que je la piétine. Je devrais sûrement éprouver du remord. Mais ce n'est qu'un corps là-dessous en train de pourrir. N'est-elle pas mieux là où elle est ? J'ai cru comprendre qu'elle avait de gros problèmes d'argent. Elle aurait dû vendre la maison et prendre un petit appartement. Elle s'y est refusée. Parce qu'elle y a vécu toute son enfance. La demeure des Collins, c'est une trace concrète de son passé, de ce que je n'ai pas aussi. Sa disparition n'a pas faite gagner au change sa famille, surtout son frère en morceau dans la cave. Elle leur a certainement laissé des dettes. C'est pour ça que la maison a été habitée si rapidement. Maintenant, elle n'a plus de soucis à se faire. La mort serait-elle une délivrance ? En serait-elle une pour moi un jour ? Une lumière vient subitement illuminer la grisaille. Ce n'est que l'éclairage de la maison d'en face, enclenché par ma présence mouvante. Je suis contente, je suis vivante ! Au travers de la lueur, je parviens à me repérer. Je me couche sur la route à l'endroit même où Ryan l'a fait avant moi. Puis, je tente de me mettre dans sa peau pour comprendre, devenir lui. Mais je ne vois pas pourquoi il est resté là. Il n'y a rien d'intéressant. Le vent change de direction ce qui laisse apparaitre magiquement la voûte étoilée. Le ciel et moi, c'est comme si nous étions en duo dans cet univers. Les points lumineux en résultant m'éblouissent un instant. Je remarque qu'en y suivant les astres brillants mon imaginaire peut aisément créer une forme, un animal existant ici-bas. C'est marrant de penser qu'ils pourraient s'y animer là-haut semblable à une télévision. J'ai, toute de suite, la vive impression de flotter, de ne pas avoir ce corps en fardeau. C'est agréable. Il n'y a que mon âme toute légère me

Le témoin de porcelaine

portant jusque-là. Je pars ensuite à la recherche d'un morceau de paradis, un endroit où je pourrais m'installer. Le silence est de rigueur dans la fraicheur de la nuit. En voyant ça au-dessus de ma tête, j'ai envie de changer de monde, d'être libre et loin de tout. Je me demande alors pourquoi je vis ici, pourquoi je suis tout simplement née. Mon corps vibre, me réintègre brusquement, se fait masser en rythme au son d'une cloche. L'église a sonné deux coups exactement pour signaler l'heure dans la nuit endormie. Je me suis sentie portée par une vague intemporelle. Je me dirige en face, droit sur l'habitation Collins. Un feu brûle dans leur jardin. Ce n'est pas leur maison, j'en suis soulagée. Mes yeux se mettent à me gratter. Mon nez perçoit une forte odeur. Ces symptômes tentent certainement de me dissuader de continuer dans cette direction. Je ne les écoute pas. Je m'approche du feu. Précautionneusement, je tente d'apercevoir ce qui attise aussi bien les flammes. Il y a apparemment du bois, des feuilles de papier, des bouts de tissu, un haut et un bas de vêtement. Sur le côté, une casquette verte parait vouloir survivre. Elle est à moitié carbonisée. Ne sentant pas clairement la chaleur, je l'attrape en vitesse pour la sauver. Elle se consume encore. Je la tapote, éteignant les dernières braises. De plus près, je la reconnais. Elle a appartenu au père de Ryan, celle qui était dans sa chambre avec les vêtements assortis. Pourquoi vouloir la faire disparaitre ? Croit-il ainsi la lui rendre ? Le rapport des gens vis-à-vis du deuil m'est encore inexplicable. Le mystère semble régir bon nombre de phénomène comme celui-ci. J'avance vers l'entrée. Je monte les marches où on a fait tomber Ryan cette fameuse nuit d'horreur. Je m'arrête sur le perron, touche la porte qui le protège, qu'il a tellement poussée pour s'y réfugier derrière. Je lève la tête, humant toujours cette forte émanation de fumée. La maison est immense. Je me sens ridiculement petite, insignifiante, une parmi d'autre. Je me tourne vers la fenêtre de ma chambre. Elle parait si loin au travers du brouillard. Là-haut quand j'y suis, c'est comme si j'obtenais un pouvoir. Maintenant, ça parait idiot de l'avoir cru, même imaginé. En guise de preuve de mon passage, je dépose la casquette sur le paillasson devant la porte. Je n'ai pas l'intention d'entrer. Le sentier menant des escaliers à la boite aux lettres et à la route est jonché de cailloux sur les côtés. Au lieu de prendre le chemin le plus facile, je monte sur ce petit bord. Mon équilibre est mis à rude épreuve.

Le témoin de porcelaine

J'espère relever le défi. Levant les bras, je tangue de gauche à droite. Avant de tomber, je bondis sur le sentier. Fière, on aurait dit que j'avais sauté d'un immeuble. Il fait plus clair au bout de cette allée. La fumée se dissipe progressivement. Le feu doit s'éteindre. Je me mets à tournoyer. La visibilité devient encore meilleure, bien que rapide. J'effectue des gestes de bras, de jambes pareils à mon imagination durant toutes ces nuits d'insomnies. J'ai l'impression d'imiter la ballerine, de danser. Ça me fait trop plaisir. Je souris, rigole. Enfin tout ça, je le crois. Mais j'ignore si c'est vrai, et je m'en fiche en fait. Mon ballet est interrompu par quelque chose. Je trébuche. Je me suis tapée dans la boite aux lettres des Collins maintenant légèrement penchée sur la gauche. Parterre, je me gratte la tête. Il me vient subitement une idée. Acharnée, je me défoule alors dessus à coups de pieds mal placés. Je dois m'y prendre à plusieurs reprises pour ne pas la louper, ni tomber. En agissant ainsi, j'innocenterai forcément Ryan aux yeux de maman et des habitants. Qui irait saccager sa propre propriété ? Le piquet sur laquelle la boite aux lettres est fixée finit par s'écrouler. Je suis ravie, parce que pour une fois, ce n'est pas moi qui aie cédé. Tout à coup, des lueurs rouge et bleu

Le témoin de porcelaine

m'éblouissent au travers de l'obscurité. J'ai cru à des extraterrestres avant de constater qu'il s'agit d'une voiture de police. Une patrouille surveille visiblement le coin, tout arrive. Voilà une mauvaise nouvelle écourtant mes escapades nocturnes. Immédiatement, à contrecœur et quatre pattes, je reprends le trajet du retour aussi invisible qu'avant.

Le témoin de porcelaine

Chapitre dix
La mort en face

A l'aide du mur, je pousse sur mes pieds, déroute l'angle de la chaise à bascule. Je me retrouve à nouveau face à la fenêtre. Je me sens mieux. Maman a cru bon de m'en détourner pour je ne sais quelle raison. Elle a tourné violemment la chaise, dos contre la fenêtre, m'empêchant de voir la seule chose qui me relie au monde extérieur. Elle commence à ne pas apprécier le fait que je regarde l'extérieur ; que je n'en fasse pas parti ne lui suffit plus. Elle ignore quand m'y rendant toutes les nuits, je m'y intègre un peu plus à chaque fois. Depuis qu'il a trouvé la casquette sur le paillasson, Ryan a ouvert ses volets. Il a dû prendre ça pour un signe positif, car il la garde avec lui dans son lit pour dormir. Lorsqu'il l'a découverte, un sourire a légèrement éclairé son visage. Je le garderai toujours en mémoire cette petite joie-là. Il a regardé au ciel quelques instants, attendant sans doute patiemment d'y voir un message s'y inscrire. Aujourd'hui, il a semblé mieux qu'avant, a retrouvé un semblant d'espoir. Mais l'espoir de quoi ? Il est le seul ami que je n'ai jamais eu. Alors je peux être heureuse quand il l'est. D'une lumière tamisée de chevet, il s'est allongé, tête couverte de ses écouteurs. J'aimerais discerner ce qu'il entend. Il fait presque totalement nuit. Maman ne va pas tarder. Bruyamment, elle monte les escaliers que j'ai tant de mal à descendre. Vite, il faut me replacer discrètement. J'effectue, le cœur serré, l'opération inverse. En m'appuyant au mur sous la fenêtre, je parviens à dévier la chaise. Malheureusement, dans la précipitation, elle bascule sur le côté et non d'avant en arrière. Elle s'écroule donc au sol avec moi dedans. Je tente de me dégager pour tout remettre en ordre. Impuissante, j'ai le tissu de ma robe coincé sous l'accoudoir. J'aurais pu rouler, puis déplacer la chaise. Mais il est trop tard. Maman débarque dans la chambre. Et là, je saisis mon erreur, elle aussi. Durant un court instant, elle me dévisage au pas de la porte, pour ainsi dire, horrifiée. Elle n'ose pas entrer tout de suite. J'ai presque cru y voir le regard interrogatif et épouvanté de Susanne. Elle se met à réagir cependant normalement, me relève rapidement. Sans mot, elle tâte ma robe, peigne soigneusement de ses mains ma chevelure ébouriffée. On dirait qu'elle s'applique pour ne pas parler, ni trop réfléchir.

Le témoin de porcelaine

Clignotant des paupières, elle finit par lâcher quelques mots :
- Ils ne nous comprennent pas. Ils essayeront de t'enlever à moi, tout comme Susanne... Fini les mensonges maintenant, tu as raison.
Je n'essaie même pas de répondre pour ne pas lui faire de peine. Aussi parce que je ne sais de quoi elle parle exactement, ni ce qui a déclenché ce nouveau fléau dont elle est victime. Je n'ai pas l'intention de la quitter, mais peut-être qu'elle en doute en soupçonnant mes allées et venues dans la maison. Elle est épuisée, anéantie, ça se voit. L'air effrayée, préoccupée, elle s'agenouille, désarçonnée. Elle retire sa perruque et la laisse trainer parterre. On voit maintenant son crâne dégarni aléatoirement. Je ne la reconnais plus. De jour en jour, elle s'est éloignée de la femme que j'ai connue. Elle a pourtant toujours été une bonne mère. Je ne peux rien lui reprocher, ça m'est tout bonnement impossible. Aussi, ce geste m'a étonné. Puisqu'elle a pris tant de précaution jusqu'à maintenant pour me cacher sa perte de cheveu. Fronçant tout le visage, elle se questionne en murmurant :
- Les morts peuvent-ils hanter les vivants ?
Elle a parlé comme si quelqu'un à côté d'elle aurait pu lui donner la formule miracle. Sans

autre explication, elle quitte la pièce. J'ai vraiment parfois l'impression de ne pas exister, même pour elle. Pareil à un fantôme, je les vois mais suis invisible à leurs yeux. Visiblement, elle n'a pas l'intention de me coucher et donc de dormir. Ses pas résonnent au rez-de-chaussée. Elle talonne l'étage de long en large. Que se-passe-t-il ? Au loin, je l'entends parler. Pourtant, il n'y a personne. J'en suis pratiquement certaine. Déterminée, elle réapparait dans la chambre. Ses mains sont couvertes de terre. Elle a dû déplacer les morceaux de corps à la cave. Je la sens pleine d'assurance. On dirait qu'elle a un plan. Cet objectif précis en tête semble pouvoir tout arranger. J'aimerais le connaitre pour ne pas en douter autant. Elle s'avance près de moi, se met debout face à la fenêtre. Plaçant une main sur mon épaule, elle dit posément :

- Tu sais, ils usent de tous les subterfuges pour t'enlever encore une fois. Rassure-toi, Eden, ça n'arrivera plus. Maman est là.

J'ignore ce que tout ça signifie. Pourquoi voudrait-on m'enlever ? Je ne gêne personne, au contraire. Personne ne connait mon existence. Pourquoi encore une fois ? Qu'aurais-je oublié ? Il est évident que maman a toujours su plus sur ma vie que moi-même. Elle dit la vérité, je le sais. Se jetant soudainement dans mes bras, elle me

Le témoin de porcelaine

serre jusqu'à s'épuiser. Avec conviction, elle susurre à mon oreille :
- Ils ne nous sépareront plus, je te le promets, ma poupée.
J'ignore toujours qui "ils" sont, mais elle évoque souvent cette menace évidente et inévitable. Ces "ils" vivent à l'extérieur. Ça doit être pour ça qu'elle ne veut pas que je sorte. Pourtant, je l'ai fait et je n'en suis pas morte pour autant. Que je sois encore en vie, est-ce juste un coup de chance ? Je ne vois pas le monde comme elle me l'a décrit. Est-ce faussé ? Un piège pour m'attirer dehors ? N'est-ce pas la réalité que je vois chaque jour de ma fenêtre ? Mais, ce que je vois, c'est tout pour moi. Alors si je n'y crois pas, en quoi puis-je croire ? Lentement, maman retire son emprise. Sa respiration est anormalement calme maintenant. Elle me fixe un moment, attire ma tête à la sienne, pose son front contre le mien.
- Je ferai tout ce qu'il faudra pour nous. Ensuite, je reviendrai te chercher.
Je la regarde s'éloigner, ignorant complétement ce qui va se passer. Au pas de la porte, avec un sourire apaisant dont elle seule a le secret, elle tient bon d'ajouter :
- Je ne serai pas longue.

Le témoin de porcelaine

Et, comme toujours bien évidemment, je la crois. Elle reviendra.

A l'extérieur, il fait trop nuit pour y voir quoique ce soit. Seuls les éclairages m'aident à me repérer, à imaginer l'endroit en plein jour. Je n'ai pas pu apercevoir maman partir, déplaçant certainement encore une fois le corps de la cave. C'est inquiétant qu'elle ne revienne pas pour me coucher. Je me mets sur mes jambes, observe à travers la vitre. Ryan a toujours sa lampe de chevet allumée. Tout à coup, l'éclairage automatique se déclenche devant la maison des Collins. Personne n'entre dans la lumière pourtant. C'est étrange. J'examine chaque recoin dans l'espoir d'y apercevoir un animal. A la place, je découvre une silhouette humaine remuée, entre ombre et lumière. Un de ses démons qui ont attaqué Ryan semble récidiver. Mais la demeure est close. Il ne peut l'atteindre. J'en suis rassurée jusqu'à ce que l'individu suspect finisse par enrouler quelque chose autour de sa main. Il brise discrètement et sans mal la fenêtre donnant sur le salon où repose le piano de Shiri. J'ai vraiment peur qu'il s'en prenne à l'instrument noir et blanc. Ce serait dommage. Il est tellement beau, ignorant le bien ou le mal dont il arbore les teintes. Je touche la

Le témoin de porcelaine

vitre. Elle me sépare de tout ça. Elle n'est pas brisée, elle. Elle me parait solide. Cette distance me rassure grandement. A l'intérieur, l'individu se transforme immédiatement dans mon esprit en cambrioleur. Il est peut-être l'auteur des saccages des boites aux lettres du voisinage. Serait-il passé à la vitesse supérieure en cambriolant une habitation ? Par hasard, il aurait donc choisi la demeure des Collins. Le voleur disparait de mon champ de vision ce qui me rend plutôt nerveuse. J'ai beau me pencher, scruter scrupuleusement chaque ombre, je ne le vois plus. C'est inquiétant. Je vérifie Ryan. Il est encore sur son lit. Il n'entendrait même pas l'arrivée du malfaiteur s'il venait dans sa chambre. Il pourrait facilement se faire étouffer sous ses propres oreillers. Cette pensée a transpercé tout mon être de part en part. Il m'a été dès lors impossible de ne pas réagir, ni agir. Sans que mon cerveau l'ait dicté, mes pieds se sont dirigés automatiquement vers la porte. Mon initiation à la marche peu de temps après l'arrivée des Collins prend tout son sens. Les pièces du puzzle de ma vie s'emboitent parfaitement dans le tableau de la sienne. Pourquoi maintenant et pas avant trouve une réponse nette. C'est clair, je me suis mise à bouger pour pouvoir l'aider, au moins le prévenir. Tout ça, c'est pour et grâce à lui seul. J'accélère davantage le mouvement dans le couloir face aux escaliers. Il est hors de question d'arriver trop tard. Il ne peut en être autrement. J'omets le sceau d'eau de pluie devant moi, me prend les pieds dedans. Je roule en bas les marches, suivi par le bidon. N'ayant pas perdu connaissance, j'esquive de justesse le sceau qui me serait venu en pleine tête. Il va se taper contre le mur, y rebondir pour atterrir sur mon ventre. Au passage, j'ai été malencontreusement aspergée d'eau. Aucun mal ne m'a cependant assailli durant cet incident. J'imagine qu'il s'agit d'une souffrance à retardement. Tant mieux, je n'ai pas de temps pour m'y attarder. Je me relève, aidée par la paroi. Vaillamment, je me lance au travers des pièces sans appui. Je ne tangue pas. Ma volonté me maintient bien droite. J'ouvre la porte de sortie, me jette dehors à corps perdu. Il fait bon dans cette obscurité, mais je n'ose m'en accommoder. Je poursuis jusqu'à être en pleine lumière devant la maison des Collins. Le plus discrètement possible, j'imite le cheminement du cambrioleur. J'hésite une seconde avant de pénétrer par la fenêtre cassée. Cette ligne paraissant de loin interdite sera franchie en un instant. Je sais qu'entrer sans permission est mal.

Le témoin de porcelaine

Je me sens soudain comme maman, à devoir transgresser des règles pour le bien de certains. Malgré tout, l'impératif de sauver Ryan m'a vite fait passer outre ces raisonnements. Je découvre en personne où il vit. Ça me fait tout drôle de voir ça de si près. J'ai eu peur de ne pas aimer, de ne toujours pas comprendre le système de vie des gens. Mais là, ça va. Tout est normal dans la maison.

Le piano s'impose en grande partie dans le salon. J'ose à peine en effleurer les touches. Il y a aussi une cheminée que je n'ai pu deviner avant. Je m'en approche. Dessus, de nombreux cadres photos entourent un vase bleuté en porcelaine. Un homme vêtu d'un habit vert, semblable à celui avec lequel est revenu Ryan après les funérailles de son père, figure sur la plupart d'entre elles. Je crois même reconnaitre sur une ou deux Shiri et son fils en compagnie de cet individu. Le silence est soudainement brisé par un vacarme passager. Dans sa chambre, avec ses écouteurs sur la tête, Ryan n'a rien entendu, car tout est calme à nouveau. Mais j'avance discrètement, parce que je sais que je ne suis pas seule. Pour une fois, ce fait ne me ravit pas. J'entends des grincements. Je le vois brusquement face à une semi-pénombre. Sans bruit, je me cache derrière le seul mur qui nous sépare. Je me retrouve à côté d'un téléphone fixe sur une petite table ronde. J'en ai failli la faire tomber. Le cambrioleur se déplace, certainement à la recherche de quelque chose de précis. Heureusement, il ne m'a pas vu. Il est en train de monter les marches d'escaliers pour se rendre à l'étage où Ryan se trouve. Je ne peux le laisser l'atteindre. Mon esprit cherche une solution tandis que mes mains s'emparent des cadres sur la cheminée et les balancent au travers de la pièce. Le voleur revient en arrière, dans ma direction. Alors je me colle encore contre le même mur emportant avec moi le vase. J'ignore ce qui va se passer, mais je veux le protéger, me protéger, nous protéger. Les pas étrangers se font plus bruyants. Je n'ai pas peur d'agir. Maman a toujours été mon modèle. Elle sera là pour tout arranger, je le sais. J'ai plutôt hâte que ce soit fini, que Ryan soit sain et sauf. Je dresse le vase au-dessus de ma tête. Une ombre se dessine parterre. Elle m'apprend l'approche imminente du malfrat dans le salon. Un pied apparait, puis deux et un individu se fondant presque dans le sombre décor. Malgré sa hauteur, d'un bond de cordes à sauter, je lui casse le vase sur le derrière de la tête. Un nuage de cendre en a résulté, suivi de sa chute sur le ventre. Immédiatement après, je me suis recollée contre le mur. J'espère un instant me confondre aux meubles. Le cambrioleur émet de petits sons, se met à bouger. Il commence déjà à reprendre connaissance. Mon sang ne fait qu'un tour. Je ne peux attendre décemment son réveil. Et je n'ai pas le temps de monter toutes ces marches pour prévenir Ryan. Il n'y a pas d'autres solutions de toute façon. Je dois terminer ce que j'ai entrepris. Maman me l'a appris. Il ne faut pas faire les choses à moitié. C'est fou, je sens qu'elle est là avec moi. Dos bien droit contre la paroi, je me baisse, arrache la prise du téléphone, enroule le fil autour de ma main. Je respire un grand coup. Telle une enragée sans colère, je me jette sur lui. Je ne le déteste pas spécialement, mais ne l'aime pas non plus. Son existence m'indiffère en fait. Je passe la corde autour de sa gorge, tire en arrière. Durant une fraction de seconde, deux odeurs distinctes et familières auraient pu m'arrêter. S'étant évaporées au travers de ma détermination, elles ne le firent pas. Pour conserver mes forces et mon faible équilibre, je m'assois sur le dos de l'individu. Il tente de gémir, d'éloigner le fil de son cou, bat des jambes. Il a soudain repris du poil de la bête. Alors, pour contrer, je tire davantage semblable à un cavalier maitrisant un cheval un peu trop rebelle. Nous nous battons tous les deux pour une vie. Le combat est serré. J'enfonce mes genoux de chaque côté de sa colonne vertébrale. Mes jambes s'avèrent être de redoutable outils de défense. Aussi, l'attaque au vase m'a donné un certain avantage. Sans ça, je n'aurais eu aucune chance. Le voleur devenu victime commence à faiblir, mais pas moi. Je tiens bon. Ce sera ma seule bonne action. Je discerne brutalement un craquement sous mes fesses. Sa cage thoracique semble avoir cédé, peut-être une côte s'est-elle cassée. Sa vivacité s'estompe progressivement. Sa respiration s'espace petit à petit jusqu'à ce que je ne l'entende plus du tout. C'est fini. Il ne se débat plus. Même si je le sais, je ne change pas de position, ni ne relâche la pression. Je suis comme pétrifiée, réalisant ce que je viens d'ôter. Une émanation de mort remplit rapidement l'atmosphère de la pièce. J'ai l'impression que bientôt tout le quartier le saura à cause de ça. Des pas à l'étage me font reprend mes esprits. Ryan va bien. Il se balade innocemment en haut. A-t-il entendu quelque chose ? De l'eau coule, une porte claque. Il ne se doute toujours de rien. Heureusement, ses écouteurs l'ont empêché d'intervenir, de comprendre la situation critique. Il ne doit rien savoir, rien voir. Il faut que je débarrasse le corps. En vacillant, je me lève. Je

Le témoin de porcelaine

n'ai pas l'habitude d'en faire autant. Cette faiblesse m'agace. Je décide de l'ignorer. En détaillant son vêtement noir maintenant qu'il est mortellement calme, il me rappelle celui du frère de Susanne lors de son escapade dans ma chambre. Ne serait-il pas réellement mort ? C'est troublant. Je ne peux pourtant m'y temporiser plus longtemps. Donc, je m'active en titubant. J'attrape les bras ballants du voleur, tente de le déplacer. Malgré tous mes efforts et de nombreux dérapages au sol, je ne l'avance pratiquement pas. Une forte lumière vient subitement m'éclairer un moment par les fenêtres. Une voiture s'est garée tout près. C'est certainement Shiri. Elle rentre. Je n'ai plus le temps d'agir, de remettre de l'ordre dans ce foutoir. Prise au dépourvue, je laisse le cadavre sur place et ressors en catastrophe par la fenêtre brisée.

De retour sur la chaise à bascule, j'ai une vue directe sur ce qui se passe chez les Collins. Je suis encore seule dans la maison. Personne n'a semblé m'avoir aperçu. Shiri a découvert le cadavre dans son salon. La police a débarqué, l'ambulance également. Elles ignorent, c'est inutile d'intervenir. Il ne peut être sauvé. J'ai été émue de voir autant de gens s'afférer aussi vite pour une personne qu'ils ne connaissent pas. Les voisins curieux du remue-ménage se sont afflués autour de la demeure. Une bande jaune a été tirée devant l'entrée, les empêchant d'approcher à leur guise. Shiri est dehors à discuter avec des policiers, tandis que Ryan dans sa chambre parait interrogé. Ils croient peut-être qu'il est l'auteur du crime contre le voleur. Jamais je n'aurais pensé lui faire du tort. Je m'en veux seulement pour ça. Et puis, je m'inquiète. Des officiers arrivent en bande dans ma direction. Ils restent un moment devant la porte à débattre d'un sujet dont je n'entends rien. Ils finissent par la défoncer de leurs épaules. Pourquoi une telle violence ? J'ai peur d'être emmené loin d'ici. Il est évident qu'ils ont découvert mon implication sur cette scène d'apocalypse. Dans la panique, j'ai sûrement dû laisser de nombreuses traces les menant inévitablement à moi. Une camionnette blanche se gare juste devant ma fenêtre, bouchant mon horizon. Deux personnes aux t-shirts identiques en sortent, accompagnés de grosses valises. La maison est fouillée de fond en comble. Je m'inquiète pour quand maman reviendra et apprendra mon acte qui nous séparera. Les individus du bus, portant des gants, envahissent ma chambre. Ils prennent des photos,

Le témoin de porcelaine

humidifient certains endroits à l'aide d'un spray, puis y allument une lampe bleue. Je ne comprends pas. Pourquoi ne m'arrêtent-ils pas directement ? Visiblement, ils cherchent des preuves plus flagrantes en feignant mon inexistence. Ils trouvent des indices dans la pièce. Mais ce ne sont que les traces de la bagarre du frère de Susanne avec maman. Je les ai amené jusqu'à elle. Si elle a des ennuis, ce sera par ma faute. Elle a toujours fait tellement attention pour ne pas se faire prendre. Ils s'intéressent à moi quelques secondes seulement, le temps d'un ou deux clichés. Ce manège dure des heures. Le bus finit par être déplacé. Je discerne une civière sortir de l'habitation voisine. Le cadavre est emmené dans l'ambulance. Tout est fini, je suppose. Je suis soulagée que maman ne soit pas encore rentrée. Peut-être qu'elle a vu de loin ce qui est arrivée. Elle reviendra dès qu'ils seront tous partis. Elle reviendra me chercher, je le sais. Elle va revenir, pas vrai ?

Le témoin de porcelaine

Chapitre onze
Identité retrouvée

Des mois se sont certainement écoulés après ça. Je ne pourrais compter. Maman n'est toujours pas là. Recherchée par la police, aurait-elle pu ? M'aurait-elle abandonné ? J'ai souhaité qu'elle s'en aille, parce que j'ai toujours su qu'elle allait de toute façon revenir. Mais là, c'est différent. Elle ne revient pas. Pourquoi ? J'ai fait une erreur en laissant le corps du cambrioleur sur place. M'a-t-elle aujourd'hui fui ? Non, je n'y crois pas. Je ne peux pas y croire. Ne me pardonnerait-elle pas pour cette erreur ? Les bandes jaunes maintenant autour de notre maison la font peut-être hésiter. Elle attend non loin que ça se tasse. Oui, c'est ça, elle attend. Alors pourquoi me sens-je autant chagrinée ? En face, tout est redevenu normal, enfin… presque. Depuis ce matin, le même camion que lors de l'arrivée des Collins s'est arrêté devant chez-eux. Des meubles et des affaires sont débarrassés en masse. Ce n'est que lorsque le piano est transporté aussi à l'arrière du véhicule que je comprends. Ils déménagent. Shiri et surtout

Le témoin de porcelaine

Ryan vont partir. Je tente de toucher la vitre de ma fenêtre, pour feindre de le rattraper d'un seul geste. Mais, à mon grand regret, je n'y parviens pas. Je ne traverse pas la glace et ma main n'a pas voulu obéir. J'essaie de balancer mes jambes dans le vide sans plus de succès. Mon corps se rebelle contre ma volonté. C'est comme si... je suis redevenue celle que j'étais autrefois. Ryan est hors de danger et je suis à nouveau paralysée. Appelle-t-on ça le destin ou la fatalité ? Un deuxième camion débarque. Je vois, plusieurs minutes après, des objets, des babioles. Je les reconnais. Ils sont laissés sur le trottoir dans des cartons. Ils sont en train de faire le ménage au rez-de-chaussée dans ma maison. On en entend le vacarme d'ailleurs. Ils touchent aux affaires de maman. Ont-ils eu connaissance de son absence ? Essaient-ils de l'attirer en les jetant ? La situation devient de plus en plus bizarre.

Les bruits montent à mon étage. Des gens apparaissent, envahissent ma chambre. Ils commencent à balancer sans douceur mes peluches et jouets dans des caisses. Ils se mettent à parler entre eux. Je n'existe pas.

- Incroyable qu'une institutrice ait autant dérivé sans que personne ne s'en aperçoive.

Le témoin de porcelaine

- Pas étonnant, d'après le légiste, elle était atteinte d'une tumeur au cerveau.
- Son isolement date d'avant, du décès de sa gosse apparemment. Elle s'est renfermée et a tout abandonné le jour même.
- Ça explique cette étrange chambre.
- Tu n'as pas encore vu la pièce d'à côté !

L'individu poursuit en me regardant ardemment, intrigué :

- Il y a des tas de photos là-bas, elle ressemble beaucoup à cette... je ne peux même pas dire ce que c'est, c'est tellement bluffant ! La similitude est tout de même frappante, avoue-le.
- Elle vouait un véritable culte à son enfant, la pauvre. Elle ne pouvait accepter cette perte et a dû compenser. Elle a complétement perdu la boule ! Un psy n'aurait rien pu y faire !

Dépourvu de mots à mon égard, il finit par m'attraper par les dessous de bras. Je n'ai pas mal. Je ne bouge pas, ne me défends pas non plus. J'ai perdu toutes mes facultés. J'aimerais néanmoins réagir, juste les faire partir. Ils n'ont rien à faire ici, chez-moi, chez-nous. Emprisonnée par mon propre corps, je suis à nouveau condamnée à subir. Le goût de la liberté me parait maintenant amer. Sur le coup, j'aurais préféré ne jamais connaitre cette amertume. Parce qu'avant tout ça, je ne savais

Le témoin de porcelaine

pas, je n'avais pas l'impression d'être prisonnière.
- On s'en débarrasse ? demande un de ces envahisseurs.
- Bien sûr, tu veux en faire quoi d'autre ? On ne pourra rien en tirer dans cet état. C'est comme cette boite à musique cassée.
En omettant les propos condescendants, la comparaison entre la danseuse et moi m'a flatté. L'un des deux m'emporte tel un sac à patate sans que je ne puisse rien y faire. J'ai la terrible sensation d'être une de ses choses sans vie. C'est épouvantable, affligeant. Mais c'est sans doute ce que je parais être. Il m'assit dehors au bord du trottoir auprès des poubelles et des objets. Seule à penser, je suis confortée dans ce cruel sentiment. Ryan apparait, transportant des sacs dans le camion devant son habitation. Mes prunelles se sont automatiquement tournées dans sa direction. On aurait dit un rayon de soleil. Pour moi, il l'es toujours. Je m'y accroche. Je ne peux compter que sur lui à présent. Brusquement, il se braque sur moi. Mes réflexions s'arrêtent nette. J'existe à ses yeux. Le reste, tout le négatif, disparait de mon esprit. Une certaine gêne n'empêche pas mes lèvres de s'étendre. Fière de lui prouver ma vivacité, j'ai réussi à activer mon visage pour lui offrir mon

plus beau sourire. Toutefois, il semble préoccupé. Fronçant les sourcils, il baisse la tête. D'abord, je suis offensée. Mon bonheur est vite retombé. Malgré que ses cheveux cacao dissimulent sa figure, je saisis sa consternation et son incompréhension. Sa mère Shiri le rejoint. Je tends l'oreille.

- Pourquoi la voisine aurait fait ça ? On ne la connaissait pas. Je ne sais même pas à quoi elle ressemblait.
- Ne te tracasse pas pour ça. Elle était malade. Après le décès de sa fille Eden, elle n'avait plus rien à perdre. Tu as eu de la chance qu'elle ne soit pas monté jusqu'à ta chambre comme tu l'as raconté.
- Mais c'est la vérité ! Je n'ai rien fait, je te dis !
- Peu importe, tu te portes bien. Et le juge a classé ça en tant que légitime défense. Heureusement que sa femme est une de mes admiratrices.

Ryan parait consterné qu'elle mette en doute sa parole. Il a dû abandonner l'espoir de la faire croire en lui. Cette histoire les a incontestablement éloignés. Mais je n'ai retenu qu'une chose : un décès, mon décès. Shiri raconte des salades. Je ne suis pas morte, puisque je l'entends. J'aurais préféré être sourde. Elle lui prie ensuite de l'attendre dans la voiture. Pour une fois, il lui obéit docilement en grimaçant. Il n'en pense pas moins. En fait, il ne m'a toujours pas vu. Et il ne me verra, sans doute, jamais. Leur conversation me laisse perplexe. Soudain, on apporte à mes côtés un miroir et un carton rempli de vêtement. Ce sont ceux de maman. Tout s'embrouille dans ma tête. Ça bourdonne en moi. J'ai le vertige alors que je ne peux plus marcher. J'aperçois mon image dans la glace et ça devient incontestable. A ma joue l'ancienne blessure s'est rouverte. Il y a plus choquant encore. Une plus grande fissure semblable à une longue ride défigure mon visage du front au coin de l'œil droit. Ma chute dans les escaliers ne m'a cependant pas fait mal. Je ne peux ressentir de souffrance physique. Ici, auprès des choses, ça a toujours été ma place. Je le comprends aisément à présent. Je remarque qu'au travers de ces fêlures, je ressemble quand même à la fille dans les albums photos sous le lit de cette mystérieuse chambre à côté de la mienne. Je me dois d'accepter cette évidente relation. De l'eau se met à couler de mes prunelles. Ça ne peut être vrai. Je pleure pourtant. Je continue à démentir la vérité. Elle me saute aux yeux. Mon esprit n'admet pas. Je ne sais pourquoi, mais je comprends seulement maintenant que maman ne reviendra pas. Avant, je n'étais pas si mal finalement. Cette époque révolue, je la regrette déjà. Je me souviens toujours des jours où elle se levait encore, où elle m'emmenait tous les soirs me coucher auprès d'elle. J'aurais beau chercher, je ne retrouverai de pareille journée. Je suis libérée de cette cage dorée sans savoir où aller. Moi, l'animal domestiqué, il m'est impossible de survivre dans cette jungle. Je n'en ai même pas envie. Maman me manque méchamment. Je regarde le ciel. Il n'a pas changé. Elle doit l'avoir rejoint. Je n'y vois aucun signe probant. Tout ça, c'est sûrement mon châtiment ; ma punition. C'est moi qui l'ai tué volontairement. J'ai voulu défendre Ryan à tout prix, sans penser aux conséquences. Elle ne l'a jamais apprécié. Elle n'a pas accepté le fait que, quelque part, il m'éloigne d'elle. Elle a dû emprunter l'habit de voleur du frère de Susanne dans l'espoir d'exclure définitivement Ryan de ma vie. Mon attrait pour lui et sa tumeur l'a complétement détruite. Comment croire que ce sentiment si puissant et beau puisse faire autant de mal ? Auprès de moi, il y a la boite à musique séparée de sa danseuse. Où se trouve-t-elle ? Je la cherche, ne la trouve pas. Elle est aussi seule, perdue, isolée, sans domicile. Elle ne sert plus à rien. On est pareilles. Je n'ai plus envie de tenir à qui que ce soit, ni d'appartenir à ce qu'est ce monde. Maman ne m'a jamais aimé moi. Ça a toujours été sa fille et notre ressemblance qu'elle cultivait. Détruite par la disparition de cette enfant, elle a failli détruire à son tour une innocente personne. J'ai stoppé ce cycle avant qu'il ne perdure trop longtemps. Je suis, sûrement, apparue ici pour ça. Alors pourquoi ai-je tant de mal à l'accepter ? Et maintenant ? Je vivrai dans une décharge publique auprès de tout ce dont les gens ne veulent plus. J'ai été utilisé, puis jeté. Mais c'est ce que je souhaite tout bonnement. A la vue constante de mon reflet dans le miroir, j'ai fini par donner des réponses à mes questions. J'aurais cependant souhaité ne plus jamais voir. Moi qui n'aie vécu qu'en observant les autres, qu'en apprenant en les épiant de loin, c'est terriblement triste. Je réalise pourquoi on ne me parle pas, je ne réponds pas, pourquoi mes paupières et surtout mon cœur ne battent pas. Malgré moi, mon identité m'est restituée, balancée violemment en pleine face fissurée. Je ne peux nier plus longtemps ce que je suis si simplement : Eden, une poupée à l'effigie d'une fille bien trop aimée.